U0025981

contents

刮掉鬍子的我與撿到的女高中生

Another side story

後藤愛依梨

上

しめさば

插畫／ぶーた

Kadokawa Fantastic Novels

序章
——後藤愛依梨的歷史——

「後藤，妳頭腦不錯耶。」

聽「他」那麼一說，我只感到錯愕，沒辦法好好答話。

「咦？怎麼，你這是在挖苦我？」

沉默片刻以後，我要笑不笑地講出了這麼一句。其實我想問的是「什麼意思？」不知怎地卻如此回了嘴。

他……是我高中時的好友，岸田遼平，此刻就跟往常一樣，坐在擺設於窗邊的陳舊大型瓦斯暖爐上頭。

他成績優異、眉清目秀……是個無可挑剔的「高規格」人物。而且不會因此表現出自滿的態度，於是在班級裡成了意見領袖，備受眾人信賴。

被那樣的他稱作「頭腦不錯」，讓我覺得頭上彷彿冒出了大量的問號。

即使出於客套，我的頭腦也說不上好。讀書時間遠比認真的同學短，因此在班上的成績只能算中等偏下。放眼全學年的名次亦同。

我偏頭表示不解，遼平卻嘻嘻一笑，然後搖頭。

「我談的不是學力。」

「就算那樣，我的頭腦也不算好喔。」

「會嗎？我倒不那麼認為。」

遼平一邊對我送秋波，一邊念念有詞。

「該怎麼說呢……妳做事都面面俱到啊。或者說，妳處世的方式很靈巧。」

我不太懂他話裡的意思，還覺得那並不是在誇獎人，眉頭因而蹙起。

「什麼叫面面俱到？我的成績又沒有多好，在社團活動也沒有當上首席。」

我參加了管樂社，負責的樂器是長笛。話雖如此，練習量差強人意，自然就當不了首席，更不曾被選拔為音樂比賽的班底。我只是懵懵懂懂地對演奏樂器的人有所憧憬，後來就一直賴在社團裡了。

至於課業，那更不用提了。我的活力並沒有充沛得可以一邊練社團一邊把書念好，也沒有將來的目標，因為我找不到什麼努力的理由。

「嗯～……妳說是那麼說，但長笛仍有練到一定水準，考試成績也總是保持差不多的名次。能努力讓自己保持『總是差不多』……我認為是一種天分耶。」

遼平隨口如此向我坦言。然而一直以來，他考試拿到的名次也總是差不多，每次都在前三名之內。

單就這一點，我不免覺得「你是在挖苦人嗎」。我知道像這樣回嘴就顯得帶刺，所以並不會說出口。

「妳明明可以更有自信的啊……平時我都會這麼想。畢竟妳常常一副『我什麼天分都沒有』的口氣。」

「誰教事實就是那樣。」

「妳不覺得總是站在相同位置，也算一種努力嗎？」

「不覺得。我只是適當偷懶而已。」

「看吧，妳用了『適當』這個字眼。能準確拿捏出那所謂的『適當』，就是妳的強項啊。」

話說完，遼平爽朗地笑了笑。

而我有種肉麻的感覺。

我並不是討厭被人誇獎。不過……我之所以無法坦然接受，原因果然出在誇我的人是遼平吧。

他一向努力不懈，據說明年就會到海外留學。

實在是遠不可及的存在。我連遼平願意跟我建立交情的理由都不懂。

「況且，該怎麼說呢……後藤，妳有種吸引他人的魅力。」

「啥，那算什麼？」

遼平看我明顯板起了臉孔，便搔搔鼻頭說：

「問倒我了……我不太會形容耶。總之，妳做什麼都有模有樣，應該說是優雅吧。實際上，妳不是滿有異性緣的嗎？」

「你從剛才到現在是怎樣？拿我當消遣？」

「我沒有消遣妳啦。我是在誇獎妳。」

「不用誇我。」

「因為妳都不會誇獎自己啊。」

遼平用毫不顧慮的眼神盯住我，令人無所適從。

的確，正如他所說……感覺從一般角度而言，我也算滿有異性緣的。進高中以後，來向我告白的男生已經多達二位數。老實講，我不太懂戀愛這回事，因此全都拒絕掉了……

我並不是對男女感情毫無憧憬。讀了在班上女生之間造成話題的少女漫畫，我也會小鹿亂撞。

但是，一想像自己成為「男女感情」的局中人，我就會覺得失去興致。

像我這種缺乏主見的人，即使跟誰在一起，發展成親密關係……感覺我還是不會有任何起色。

課業馬馬虎虎；社團活動馬馬虎虎。

談了戀愛，肯定也一樣馬馬虎虎。

為了拿捏跟他人之間的「適當」距離，我想我既不敢主動親近，也不敢主動疏遠，只會浪費彼此的時間。

何況我也曉得……對我說這些的遼平自己就相當有異性緣。

我也曾遇過在放學後跟他聊到一半，目睹有女生紅著臉過來，然後遼平就帶對方單獨到學校樓頂的景象。

果然……他是在挖苦人吧，我想。

「後藤……妳沒有打算交男朋友嗎？」

被遼平一問，我愣住了。

我用了不證自明似的口氣回答：

「如果我有那個意思，早就跟人交往了。」

我回話以後，遼平便嘻嘻笑了出來。

「那麼，妳是真的對戀愛不感興趣吧。」

「與其說不感興趣……我不太能體會『喜歡』他人，是什麼樣的心情。」

「喔……這樣啊，這樣啊。」

遼平帶著難以判別情緒冷熱的調調點了幾次頭。

隨後，他開口。

「哎！希望妳將來能找到那樣的對象。」

遼平跟往常一樣無憂無慮而爽朗地笑著拋來這句話。

聽到這句話，我在內心某處的想法是：「不會有那一天吧，恐怕。」

「等我去了美國以後，也會在那邊交個金髮的漂亮女友。」

「不錯呢。假如交到了，要寄照片給我喔。」

我一邊這麼回話，一邊心想：拜託別寄那種東西過來。

從那個時候，我就已經是個「討厭的女人」了。為了避免對人展現出那樣的自我，我只是一直表現得八面玲瓏而已。

而現在回想起來……那段對話，感覺也像遼平用了自己的方式，在對我示好。

當時我什麼都沒有察覺，也說不定根本是我自己會錯意……然而，我卻不由得猜想他會不會是那個意思。畢竟那是他第一次談及我的男女感情觀，也是最後一次。

錯失了一個對象……我倒不是沒有這麼抱憾過。可是，我同時也有「幸好如此」的念頭。

想到有個像遼平那種「完美的人」一直陪伴在身邊，我內心湧上的盡是痛苦情緒。

不難想像那只會勾起我的自卑感。

經過那樣的對話，當天回家以後，我突然決定離家出走。

在為人方面讓我憧憬的遼平唐突表示「要出國留學」……然後，還聽他提起「後藤頭腦不錯」，再加上那些不曉得有何用意的發言……

忽然間，我討厭起缺乏主見的自己。

得知他心目中的「我」，讓我不想再這樣下去。

對於自己被評為將一切應付得「馬馬虎虎」的人，我感到有一絲憤怒。

雖然用了「蹺家」當發洩情緒的方式，實在太血氣方剛……不過，那一次經驗讓我學到了寶貴的教訓。

那就是……後藤愛依梨這個人，絲毫沒有所謂的「主見」。

*

「我搞不清楚妳是聰明，抑或不是呢。」

某天，提供地方讓蹺家的我暫住的鈴木先生一邊喝咖啡，一邊說了這種話。

「……咦？」

我只能迷糊地出聲回應。他帶著柔和的微笑告訴我：

「跟妳講話，會發現妳相當懂事。明明是個高中生，卻能感受到妳的踏實，看起來彷彿將許多事情都計算好了。如此的妳居然會蹺家，這樣的狀況令人覺得不可思議。」

鈴木先生是補習班講師。他已經結婚，有太太與兩個小孩。

被如此正派的「大人」這麼坦然地誇獎，讓我有種奇妙的肉麻感。

但是，我也覺得他所用的語氣，似乎有些許責備的成分在。

「一開始，我也想過妳會不會是遭到父母虐待……不過，妳面對大人並無懼色。」

「是、是的……我並沒有受到那種對待。」

「那麼……妳為什麼要蹺家？」

他的問題令我語塞。

這麼說來，明明鈴木先生已經讓我在他家住了兩週之久，像這樣被問到蹺家的理由卻是頭一次。

之前，他肯定是在體恤我。

像這樣將疑問化成言語，才讓我察覺到如此理所當然的道理，令人汗顏。

「呃……我、我為什麼會蹺家呢……」

目光飄移的我急忙尋找詞彙來表達。

「應、應該說……我突然對所有事都感到厭煩……」

「所有事？所有指的是哪幾件事情？妳不妨說說看。一件一件來。」

那是在星期六的白天。

他太太帶著兩個小孩到公園玩了。

客廳裡，只有我跟鈴木先生兩個人。時間多得是，我沒有地方可逃。

畢竟受了對方照顧，全盤托出會比較好。我這麼心想。

明明如此，不知道為什麼，我一打算談內心的感受，就說不出話。彷彿在他想聽的答案當中，包含了我不願意去正視的，屬於我本身的醜陋之處。

要談那些，會讓我排斥。

「要、要說的話……比如課業，或是社團活動……」

我畏畏縮縮地一邊摸索內心的表層，一邊擠出了言語。淺薄無謂的言語。

「因為受了期許，便非得保持自己在他人心目中的形象……總覺得，那一切的一切都讓我厭煩……啊哈哈……」

當我吐出只有敷衍意味的言語之後，就感受到自己冒了冷汗。我討厭鈴木先生帶著嚴肅的表情聽我講這些。自己在敷衍一切的說詞是否已經穿幫？如此的擔憂揮之不去。

「所以，妳受到了期許。那是來自什麼人？父母？還是朋友？」

「呃……我……」

想回答的我因而詞窮。

受了什麼人期許？這樣的問題令我遲疑。

我想要體現他人期許中的自己，這並非謊言。

但是，被問到自己承受了來自誰的「期許」……我便不曉得要怎麼回答。

至少目前是如此。

我不想讓眼前的這個人失望。

「來自……許多人吧？因為，感覺上，我在許多方面……都應付得不錯。」

「我想也是。」

「所、所以……我會覺得，自己好像非得繼續保持那樣才可以。」

明明被遼平稱讚「腦袋不錯」曾讓我感到百般不對勁，此刻我卻把他那句話當成了免罪符，向鈴木先生充面子。

我在說些什麼？焦躁湧上心頭。

鈴木先生一面露出讓人無法判別情緒的柔和表情，一面朝我望了半晌。我內心的緊張依舊持續。

然後，他和緩地說道：

「我想……妳的那種煩惱，即使不離家出走也能夠解決。」

鈴木先生所說的話，讓我倒抽一口氣。

我不想聽後續。他卻溫柔地……而又無情地，繼續說了下去。

「妳要對自己有自信，要認同本身的魅力。妳要堅定自我，不是依循他人期許。如果妳找不到自我……就得自己去探尋。」

鈴木先生一度把話打住，並且柔柔地微笑。

「……妳有很多時間，可以花在這上面。」

後來，他戰戰兢兢地伸出手，溫柔地摸了我的頭。

我……什麼也說不出口。

我覺得自己被看透了。

我缺乏主見。況且，由此更使我缺乏自信。

感覺連我其實毫無目的，只是渾渾噩噩地就決定離家出走的真相，都已經露餡了。

還有我為了粉飾而多言多語的舉動，也全被看在眼裡。

令人既懊悔又難堪……而且羞恥。

想是這麼想，我認為自己仍然喜歡這個人。

有人願意正視原原本本的我，並且開口規勸，使我陶醉於其中。

但是，我根本沒有勇氣表達心意，因為光想到之後的情形，我就會胃痛。

他已經有特定的伴侶，也有了小孩……根本不可能回應我的情意。假如他選了我，之後這個溫暖的家庭就等著分崩離析了。光設想就令人害怕。

於是，我壓抑著自己醜陋而逐漸膨脹的情意，拖拖拉拉度過了一個月……到最後，我一事無成地從鈴木先生的家離開了。

回到家裡以後，我被父母甩了人生中第一次的耳光，也被級任老師狠狠訓了一頓，蹺家的生活就此落幕。

學會的教訓是……「我不會有任何成就」。

從生下來第一次試著意氣用事……結果，我只做到了住進善良大人的家裡，悠哉地享受不同於日常生活的滋味而已。

我根本毫無改變，只體會到了自己的無力。

而且，我重新想起遼平說的話。

我的腦袋，肯定是不錯的。

感覺他說得對。

無論做什麼，我都會想到後果。我能隱約望穿後頭的路，以及落在路途上的風險。然後，藉此選出絕不會讓自己跌倒的路。

明明我對這樣的自己感到厭惡……卻改不掉這套做法。

我不過是「巧妙地應付著」自己的人生罷了。

所以，我覺悟到……像這樣的人生，往後還是會繼續下去。

不知道這應該算消極還是積極？

＊

「欸，愛依梨。」

「嗯？」

「我想問妳，今天…………可以嗎？」

某天我去了在大學交的男友家裡喝酒。被他用滿懷期待的臉色這麼一問，頓時讓我感到酒興全失。

「你說的可以嗎……是指什麼？」

我問道。明明我知道他期待的是什麼。

他略顯為難地游移目光，然後回答：

「妳想嘛，我們已經交往了兩個月。」

「呵呵，兩個月算長嗎？」

「不、不好說耶……不曉得普遍來看算長或短？但是，妳不覺得我們變得滿親密的嗎？像之前我邀妳來家裡，妳都還不願意來。」

「那是時間點的問題啊。我並沒有不想來。」

「既、既然如此……我在想……差不多……是時候了吧。」

「什麼時候？」

我擱下喝到一半的罐裝氣泡調酒，並且凝望他。

他吞了吞口水，然後說道：

「……愛依梨，我想要抱妳，因為……我喜歡妳。」

聽對方直言直語地說出喜歡我，我並不是沒有動心。

有人肯這麼說是值得慶幸的，我並非無法領情。

但是——

內心有幾分敗興的我開始思索。

我……真的喜歡這個人嗎？

選到同一堂課，碰巧成為鄰座的同學……就被他搭話了。

後來我們每次上那堂課都坐在一起，對話次數變多……還受他邀約吃飯，隨著時日累積，我就被告白了。

差不多是時候嘗試所謂的戀愛了，因為我有這樣的想法，便接受了他的告白。

跟他一起相處是愉快的。

他總是會關心我，還願意保持令人自在的距離感。就連接吻……都是前陣子才經歷過的事。

不過，到頭來……

我還是覺得，跟這個人度過的日常生活……有幾分事不關己。

心情像在旁觀他人談戀愛。我感受不到自己在當中投入的感情。

「妳是不是……不願意呢？那個……我、我沒有催促的意思。愛依梨，假如妳排斥的話，我會等到妳想要為止。不過，畢竟我以往都沒有明確地問過妳。」

他很慎重地選擇遣詞用字，相當溫柔。

可以曉得，他始終優先考量我的感受，還肯避免將自己的欲求一味地表現在外。

那……應該可以吧。

我這麼想。

即使感覺並不踏實。像這樣受到對方珍惜，或許我還是會打從心裡，逐漸地喜歡上這個人。

或許，我能談一段屬於自己的戀愛。我如此心想。

「……要說的話，我並不覺得排斥喔？」

我一回話，他臉上就流露出緊張了。

「那、那麼……可以嘍？」

面對他那懇切的問題，我點了點頭。

後來……我感覺到，緊張的時間持續了一會兒。

他戰戰兢兢地吻了我，我也予以回應。

略帶酒精味的嘴唇相觸，舌頭交繞。這麼做以後，身體便慢慢地興奮起來了。原來深吻是這種感覺啊，我心想。

想想，我只跟這個人接吻過而已。

我身上的衣物被緩緩脫去，他溫柔地碰觸我的身體。

「果、果然很大呢……」

被他盯著胸部這麼說，我有點害臊。

「你、你討厭嗎？」

「不會，沒那種事。妳好美。」

「是、是嗎……那就好。」

我從來都不認為胸部大有任何一點的好處，但如果那真的能成為女性的魅力，我倒覺得是方便的。而當我思索著那些時，就感覺到自己對於這項行為好像並沒有完全投入，有些敗興。

然而不可思議的是，在他狀似興奮地對我全身上下又摸又舔的過程中，我的身體便熱了起來。我想，人體的結構大概就是這樣吧。我不由自主地有了興奮的感覺。

「妳、妳沒有很濕呢。」

他困擾似的說。

明明好像有興奮的感覺，我的私處卻只有稍微濕潤而已。

「或、或許是緊張的關係吧……」

當我生硬地回答以後，他連連點頭表示「也對」，還仔細舔了我那裡。癢癢的，感覺並不舒服。他拚命舔的模樣有點傻，也讓我覺得意興闌珊。

「那、那麼……可以了嗎？」

他脫掉內褲，然後這麼說，我便點了點頭。

他帶著緊張的臉色，將他的性器官跟我的抵在一起。

然後，他說道：

「……我好高興，可以跟妳做這種事。」

聽到那句話時，在我心裡產生了明確的異樣感。

好高興。

那句話從我的心靈表層輕撫而過，隨即滑落。

在他即將插進來的前一刻，我伸出手，使勁推開了他的肚子。

「抱歉…………」

「咦？」

他的目光搖動了。我很不忍心。

但是，既然察覺了自己內心的感受，我認為再繼續做下去就不合道義。

「……果然，我對你好像沒有那種感覺。」

「……妳的意思是？」

「……或許，我並不想，跟你做這種事。」

我這麼一說，他就在露出好似由衷受傷的臉色之後……有幾分落寞地笑了笑。

「……嗯，我想也是。」

「……對不起。」

後來，我們倆都不多話。

緩緩將衣物穿上，談好就此分手，我便從他家離去。

……聽他表露「好高興」，讓我察覺到了。

我似乎把跟他的行為當成了一種儀式，打算應付過去。

在那當中，我沒有任何幸福的感受。連連湧上的情緒是「就這樣嗎？」絲毫不覺得高興。

那使我明白，自己根本就不喜歡他。

況且……要是就這麼以身相許，之後的關係將難以處置。我冒出了如此的念頭。

在那一刻，我談的已經不算戀愛了。

回程中，我靜靜地啜泣。我不懂自己在難過什麼。至少，我並不是在難過自己跟他分手。

假如就那樣跟對方身體交合，徒具形式地結束一場「愛的行為」……明明我或許會有所改變的。

即使如此，我還是想像了往後，因而失去興致。

我對這樣的自己……深深感到厭惡。

面對自己內心的醜惡面，已經讓我覺得累了。

我談不了戀愛……這，就是我的想法。

＊

「我啊，打算自己創業。」

大學第三年的年尾，我正忙著求職。

待過同間研究室的祠堂司突然這麼說，讓我吃了一驚。

「創、創業……？我們不是一起在求職嗎，怎麼突然這麼說？」

見提問的我多眨了好幾次眼睛，司便嘻嘻一笑。

「我從之前就打過創業的主意了。妳想嘛，畢竟……我不太喜歡聽從他人指揮。」

他不以為意地說，使得我只能回以困惑的反應。

「呃，就算那樣……你說的創業……也會需要一筆錢吧？」

「我的存款大約有兩千萬圓。」

「啥？你都沒在打工吧。怎麼會有那麼多錢……」

「做外匯交易啊。起初我是想消磨時間，當成賺每天的午餐錢。一點一滴抓到訣竅之後，前陣子就獲利了不少。」

「兩、兩千萬之多……？」

「嗯，沒錯。很有趣喔。東西的價值時時都在變動，交易者要看清時機入手，或者脫手。妳不覺得這就跟社會本身一樣嗎？」

如此開口的司瞇起眼睛，讓我覺得他似乎成了不同世界的人。

司比我年長一歲。聽說他曾在去年留級。我問了其中原因，他表示是為了得到目前交往的女友青睞而拚命追求……結果就當掉了一堆學分。

行事有些超凡的他總散發著一股難以捉摸的氣息。

跟我相處也是若即若離，不曾過度涉及隱私。這樣的相處關係倒是令人自在，所以我才會跟他變得要好……

沒想到，他居然發了那樣的一筆財，還計畫要創業，我完全不知情。

「你、你想開什麼樣的公司呢……？」

「當然是ＩＴ方面的嘍。畢竟我只懂那個。」

司用了不證自明似的口氣回答。我們就讀的是資訊工程科。我讀該學科並沒有多大理由，只是覺得不怕沒飯吃罷了。

「我要做的是系統程式建置。接案提供服務，妳懂嗎？配合客戶需求，提供客製化的服務。社會追求的東西時時都在變動。所以嘍，我會成立一間能配合時時變動的需求來改換本身產物的公司。那樣的話，我覺得生意就能做得挺穩固。」

「呃，可是，我不認為會那麼順利耶……」

「呵呵，愛依梨，妳就愛操心。但是要愁創業不順利，大可到時候再來愁吧。」

司說完以後，當著我面前張開了雙手。

「如果事業不順利，放手就好啦。」

「……」

我覺得，他好耀眼。

司總是讓人猜不透想法，在我看來，作風虛浮的他處理起自己該做的事情就像一台機器。

不過，原來他在背後思考事情是這麼地有企圖。

感覺上，會創造新事物的……往往就是像司這樣的人。

我很明白，那是自己缺乏的素質。

「假如你說這些是認真的，我會聲援喔。」

我和氣地笑了笑，並且說道。雖然這只是出於直覺，但我也覺得他所經營的公司會發展順利。

我說完以後，司就欣慰似的露出微笑。

「妳沒有大力阻止，或許表示這個主意行得通。」

「什麼意思？」

不明白話中有何用意的我偏了頭。司卻豎起食指並且回答：

「因為妳頭腦非常好，又喜歡操心，對吧？妳總會考量到往後。就連求職也一樣，在我認識的朋友當中，妳是最努力的。」

「那還用說？畢竟我也曉得自己就像路邊的小石頭，不努力就無法獲得認同……」

「沒有，我說的不是那方面。」

司緩緩地搖了頭，然後側眼看向我。

「我啊，只看得見眼前的事物，能靠外匯交易賺到錢也只是運氣好而已。妳想嘛，我還曾經著迷於女友，搞得自己留級。」

儘管司說著就自嘲地微笑起來，卻不顯得慚愧。他已經接受自己是這樣的一個人，令我感到羨慕。

「所以，要是有個能展望將來的人願意入夥，我會很高興。」

司定睛凝望我。

我的思緒隨之停止。

「……咦？」

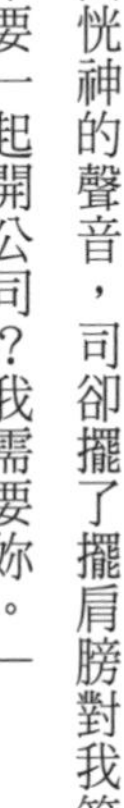

我發出恍神的聲音，司卻擺了擺肩膀對我笑。

「要不要一起開公司？我需要妳。」

聽他直接了當地這麼說，我因而愣住。

經營公司，跟司一起。

「不由得思考往後的特質」常常令我感到厭惡，現在有人說需要我這樣的特質。

對此我先是驚訝……然後，變得有一點欣喜。

「嗯，好啊……我可以答應。」

我爽快地點了頭。

人生若有所謂的轉捩點，我認為第一個就在這裡。

＊

司利用在學期間，不一會兒就召集到了創業起步的成員。

他擁有豐富的人脈，只是我不曉得而已。不……或許，他是趕著建立了自己的人脈也說不定。總之，他的確有那樣的能力。

召集擅於寫程式的好手，將同間研究室又合得來的夥伴列為幹部，把業務交給平時揪團喝酒都會當總召打理大小事的朋友……最後公司就這樣成立了。

我負責的是會計工作。起初做得一頭霧水，不過我拚了命進修。既然自己被人需要，我就沒有偷懶的理由。

儘管全是年輕人的公司曾被當成烏合之眾，業務仍賣力地接連將案子談成。在大家東忙西忙之間，收益便有了令人難以置信的成長。

「雖然我展望不到將來，但或許有看人的眼光。」

之前，司打趣般地說過這句話……不過，我想肯定正是如此吧。

我們相處就像朋友一樣和樂融融。同時，在工作場合也會以工作的態度認真地面對彼此……讓公司一路成長。

有餘裕聘用新員工以後，人手增加，能接的案子變廣……幾年工夫之內，公司成了將上市納入視野的企業。

在大阪與仙台成立分公司，上市發行股票指日可期……發展到這個階段時，我已經二十三歲了。從大學畢業後，間隔兩年。時間過得像飛一樣快。

司跟大學時交到的女友結了婚，據說也有在規劃生子。那些幹部忙歸忙，仍找到了固定對象或結婚……單身的只剩我而已了。

「愛依梨有那個意願的話，應該隨時交得到男友，真可惜耶。」

某天在酒席上，從大學當朋友至今，目前還身兼業務部長的安坂這麼說了我一句。

而我想不到什麼漂亮的詞來回應。

「沒關係啊，反正我工作很開心。」

結果，我說的話太像找藉口，一同喝酒的那些幹部都面帶苦笑。

淺嘗日本酒的司一邊為酒盅空下來的我添酒，一邊說道：

「畢竟愛依梨總喜歡操心嘛。」

「……你是想說，我不夠果決？」

我投以幽幽的目光，司便笑著打發掉。

「與其說成不夠果決……唔嗯～……妳缺的是順勢而為的勇氣吧？我倒想問一句，妳沒有喜歡的人嗎？」

「我才沒有那種對象。交情好的男人頂多就你們幾個，還全都有了女友。」

「哈哈哈，因為大家手腳都挺快啊。」

「是啊。明明大學時都在玩，卻還能獨當一面出來開公司。」

「愛依梨，是妳太少出來玩樂吧。妳就沒有交過男友嗎？」

唔——被司問到的我隨之語塞。

「有是有啦……」

我就此打住話，現場流過一股莫名尷尬的氣氛。

見狀，安坂不以為然地開了口：

「我從之前就覺得好奇……愛依梨，妳該不會是處女？」

嘴裡含著日本酒的司「噗！」地噴出了酒霧。他急忙擱下酒盅。

「啥！」

我扯開嗓門應聲，使得司狀似慌張地猛揮手並看向安坂那裡。

「安坂，你未免太粗神經了！」

「沒差吧？我們的交情又不需要介意這個。」

「關係再親近還是要講禮儀！」

司的視線戰戰兢兢地在我跟安坂之間來回游移。

他能替我著想固然令人欣慰……不過，被他用這麼露骨的方式打圓場，感覺也挺惱人的。我真任性。

哼——我挺胸回話。

「是又怎樣！」

「噗哈哈！真的假的！我就覺得是這樣！」

「因為我沒有機會啊！」

「沒有嗎？妳明明交過男朋友耶？真有這種事？」

「……要說的話，其實，倒不是完全沒機會啦…………」

我回想起讀大學時第一次交到的男友，隨即噤聲不語。

他對我相當溫柔。不曉得現在有沒有找到處得好的對象？

司側眼看見我突然消沉下來，便「啪！」的一聲拍響了手掌。

「好！到此為止！安坂，有話直說跟口無遮攔是不同的。你過來，親自道歉！」

司用了既溫和而又比平時嚴厲的語氣講完以後，安坂便不情不願地朝我低下頭說：

「抱歉。」見狀，我跟著使勁搖起頭。

「別這樣啦！讓你道歉的話，會變得我好像真的很介意吧！」

「妳是個滿麻煩的女人耶，愛依梨……」

司傻眼似的笑了。接著，他舉盅大口喝下日本酒，然後說道：

「哎，反正人無論幾歲都能談戀愛，大概。」

司朝我送了秋波。

「會不會要等妳發現自己能『不顧後果』地喜歡某個人，才是妳該傾全力去戀愛的時機？」

那句話，讓我無法做出任何的回應。

不顧後果地喜歡某個人。

我不認為自己能夠辦到那種事，更無法想像會有那樣的對象出現。

「能像那樣美夢成真的話……我倒是覺得不錯。」

我露出自嘲的微笑，接著如此回答。

無法實現也無所謂，反正我工作很開心。

在公司裡，我是被需要的。即使我喜歡不了自己，仍然可以尋求他人的認同聊以慰藉。

會計部門有新人進來，我得以將職掌全部交付出去，還獲得了執行董事的職銜。在一般公司不可能如此。

薪資方面，我覺得自己也比一般上班族優渥許多。畢竟司堅持要開一間佛心公司。

從事值得做的工作，領到充分的報酬。

光是如此，自己的人生不就足稱成功了嗎？我這麼心想。

至於感情方面，我早在大學時死心了。即使身邊眾人都有伴結婚，我也不可思議地毫無焦慮。我抱持彷彿與己無關的心態，看著那些事發生。

往後自己仍會從工作找到喜悅，繼而為此活下去吧……明明我是這麼想的。

錄用某個員工，卻成了我的第二個轉捩點。

沒錯。

那個員工，當然就是吉田。

*

吉田是我找來的。

他參加了有許多企業協辦的公司說明會，我便招聘了這個人才。

吉田說來就是個新鮮人，全身都充滿了「拚勁」，溝通能力也無可挑剔。我立刻向司建議錄用他。

一如我的期待，他進公司後都沒有鬆懈，做起工作很是賣力。他畢業自資訊相關的短期大學，雖然說進公司之際就帶有一定程度的程式設計知識，天性勤勉的他仍然自動自發地持續進修以往未曾接觸過的程式語言，能做的工作當然日益增加，更逐漸成為在老員工之間也備受信賴的存在。

剛開始，因為錄用到了可靠的新人……我內心頂多覺得與有榮焉。

不過……我跟司的臉色，卻慢慢有了改變。

他太埋首於工作了。

認真是件好事，勤勉亦然。

然而，他對工作太過全力以赴。同期被錄用的橋本每天都準時下班回家，他卻總是主動留下來加班。況且自己的工作明明已經完成，他卻還想替別的員工代勞。

實際上，他付出的勞力幫到了很多人。

我們的工作是接外包案件撰寫程式，客戶臨時變卦的狀況並不在少數，被迫趕工的內容跟原本發包的規格書完全不同可以算家常便飯。出那種麻煩時，留下來加班的總是技術好的員工。

所以，公司多了像吉田這樣既認真又技術好的員工，對其他員工而言固然相當值得感激……然而，到頭來工作的總量依舊沒變。

只是過去靠其他員工努力分擔的部分，換成讓吉田一肩扛起了而已。

工作的比例偏重在幾個人身上，這種情形並不好。

要是吉田因此過勞而累倒，結果一切都會跟著脫序。

「不要緊啦！我的身體還算強健，工作也能樂在其中。」

即使我搭話問：「你會不會太常加班了？」他也總是精神奕奕地這麼回答。

原來「自動自發」也是滿棘手的一項特質呢，我心想。

為了設法讓著魔般拚命工作的他休息，我想到的是……

「吉田。之後我們一起去吃個飯吧。」

如此蠻橫的策略。

受上司邀約便拒絕不了。畢竟我知道他是這副性子。

像這樣，我開始會定期帶加班中的吉田去吃晚飯，以便強迫他停下手邊的工作並且回家。

這是我推薦錄用的員工。我必須負起責任……如此的使命感在推動著我。

而後來我才深切體會到。

原以為挖來讓他休息的這個坑……竟成了讓我自己也陷入其中的陷阱。

*

開始定期一起去吃飯以後，我跟吉田逐漸打成一片了。

他是個不可思議的人。

行事總是一板一眼，不知變通，容易固執成見。想是這麼想，他卻又懂得用紳士風度去關心別人。

我在進社會以後，仍致力於讓自己當一個「被需要的人」。

總是穿著筆挺的套裝，戴昂貴的手錶，化妝從不偷懶，在工作上也處處謹慎。

大概是努力換來了回報，常會有女員工說我：「後藤小姐，妳真是完美得嚇人耶。」當然了，誰教我只把心力花在這上面。

回神後，我發現我對自己的要求一路在增加。

其實我喜歡喝酒，在大家面前卻盡量少喝。明明喜歡吃肉，午餐卻都靠沙拉打發。用餐與喝水的時間點控制得一絲不苟，除了午休以外都不上洗手間。生理期不適的話就服藥緩和，隨時保持從容的臉色工作。我很明白，這樣才像後藤愛依梨。

但……我做的那些表面工夫，卻被吉田輕易地層層拆穿了。

「啊，這些肉好吃耶。妳要不要嘗一點？」

「只有我喝酒也不好意思……後藤小姐，妳能不能陪我？一杯就好。」

「今天我肚子很餓，多點一些菜色吧！假如我吃不完，就要請妳稍微幫忙了……」

他總是裝成我行我素的模樣來體貼我。

不會讓我感到強迫，在細微處表現出的貼心。

那很令人自在……猛一回神，我已經變成只有在跟他用餐的時候，才會不忌酒肉。

連酒喝到一半去上洗手間，都不覺得難為情了。

我睽違地想起了自我本色被人接納的安心感。

然後……我感覺到，自己慢慢地受他吸引。

令人訝異。久違的戀愛，對象居然會是員工，而且……年紀比我小。

被年紀比自己小的男性體貼，還因而傾心於對方，好難為情。

有幾次，我也想過要是跟他交往，或許就能有所改變。

我試著委婉問過：「你有……女朋友之類的對象嗎？」確認他是單身以後，也曾感到安心。

但是，到最後……我都沒有採取行動。

「我目前樂在工作啊。戀愛的話……該怎麼說呢……我好像談不來。」

某次，吉田一邊跟我吃飯，一邊感慨地說了這種話。

「談不來？」

我問道，吉田便自嘲地笑了笑。

「嗯。高中時……我曾有非常喜歡的人，也跟那個人交往過就是了……對方是我的學姊，比我早一年從學校畢業……然後，就這麼不見行蹤了。」

「哎呀……這樣啊。」

原來也是有這種情況，我心想。

有個像吉田一樣懂得體貼人的男友，對方應該要安心才對……原本我是這麼思索的。不過，我立刻打消了念頭。

有的事情也要交往過才會曉得。說不定，長期在一起相處的話，就會發現他私底下其實是粗枝大葉的。

何況，我也不認識對方。喜歡男方頤指氣使地帶領自己的人，一樣是存在的。

「你只是運氣不好。」

當我像這樣出言安慰，吉田就狀似感傷地搖了搖頭。

「沒有……我想，肯定是我不好。」

他如此斷言。

「我大概……完全沒有搞懂那個人在想什麼。」

他所說的話，讓我感到胸口一陣刺痛。因為我覺得他對自己說的話，也戳中了我。

『……我好高興。可以跟妳做這種事。』

大學時期的男友說過的話，像心靈創傷一樣在腦海復甦。

高興。聽見如此尋常無奇的字眼，居然就讓我醒覺過來了。明明彼此相處過滿長一段時日……我卻體認到，自己跟「他」並沒有共同享有一樣的感情。之前都沒有發現這一點，我覺得很可怕。

難道說，吉田也嘗過類似的絕望滋味？想到這裡，我產生了奇妙的共鳴。

「……吉田，你為什麼總是那麼努力工作呢？」

不知道為什麼，我前言不搭後語地問了這麼一句。

吉田一瞬間呆愣似的望著我。然後他目光飄忽，好像在找尋詞彙。

接著，吉田一邊搔起鼻尖，一邊狀似害羞地告訴我：

「呃，因為……我能為別人做的，頂多就只有這點事。」

啊……聽完，我倒抽一口氣。

我們倆是一樣的。我也跟他一樣。

從高中畢業時，「我自己成不了任何事」的念頭就已經根深蒂固了。所以……我才會致力讓自己當一個被他人需要的人。

我想藉由獲得他人認同，來證明自己的存在價值。

我想在空洞的內心注入「他人」……好讓自己滿足。

我成功地武裝了自我，儘管內心對此感到滿意……卻也一直討厭著自己。為了忘掉那種心境，我才埋首於工作。

吉田跟我，是一樣的。

想到這裡就讓我好安心……而愚蠢的部分在於，我心動了。

「吉田，你聽我說。」

我伸了手，並且悄悄摸向他毫無防備地擱在桌子上的手。吉田的臉色，有了一絲絲變化。

他以狀似緊張的臉孔望向我。

「我們的公司需要你。而且，我也打從心裡覺得，能錄用你實在太好了。」

我如此開口。而他用了有些恍惚的表情看著我。

他的耳垂明顯可見地變紅了。

「所以說，今後……還要繼續拜託你嘍。」

「……好的。我、我才要請妳多多指教……」

「還有，你要注意別加班過頭！讓你累倒可就困擾了。再說你這樣也會讓其他員工變得不思進取。」

「啊，妳說得是……對不起……」

我驀地放開手，他便跟著回神似的連連低頭賠罪，彷彿在掩飾什麼一樣地笑了笑。

我們受彼此吸引，因為……我們懷有同樣的思維。

總覺得，我光是這樣就滿足了。

只要我不採取行動，感覺這段關係就不會有所改變。他對戀愛有自卑心理，應該不會主動追求人才對。

我就這樣一邊橫下心，一邊跟他當了「偶爾會一起去吃飯的朋友」長達五年之久。

內心很自在。

我喜歡即使自己保持一派自然，也願意給我肯定，而且都不會責怪人的他。

我沒有更多的要求。

感覺在要求的那一刻，自己便得不到，那令我害怕。

所以……

「要不要直接來我家呢？」

聽他那麼說的時候，我陷入了彷彿心臟受凍的錯覺。

打從受他邀請，在假日到動物園時，我就有不好的預感了。

我跟他只有下班後會相邀用餐的交情。而他在假日約我出來，明顯是抱著「約會」的用意。即使我戀愛經驗稀缺，總還是懂得這點人情世故。

我也想過要推辭。但是，我辦不到。

推掉約會的話，他應該會解讀成「落花有情流水無意」吧。那是當然的。

況且，如此一來……我跟他之間的關係會不會就此結束？這是我害怕的部分。

所以我用心化好妝，選了適合約會的衣服，然後從家裡出發。

我跟他一起走在動物園裡，內心還一直祈禱「希望今天能平安無事地結束」。但是，看他比平常還要心神不定，我也覺得「事情肯定無法如我所願」。

到了傍晚，我們在他事先挑好的店家享受晚餐……然後——

他滿臉通紅地問了：「要不要來我家呢？」

尚未告白就先問女方「要不要來我家呢」，他還真大膽……我多少這麼覺得。

換句話說，他有「那種意思」。

他想跟我有特殊的關係。他願意……跟我發生關係。

我好高興。一顆心稚氣得都飛了起來。

但是，那種浮動的心境，隨即被我「最討厭的部分」冷冷地掩沒。

想要就得不到。

扮演別人心目中「憧憬的存在」……我只能用這種方式體現自己。

我想確認，確認他有多認真，有多喜歡我。他對我這個人，究竟有多深的執著？

不確認那一點，膽小的我就不敢行動。

所以，我在那時候……做了人生中「錯得最深」的選擇。

「對不起。」

吉田的表情隨之扭曲。

「我在公司都保密不談的，但是，我有男朋友了。」

我這麼撒了謊……想暫緩彼此的關係。

要行動的話，目前仍然嫌早。我如此認為。

我希望將狀況看得更清楚，確定能由衷放心以後，再把自己交給他。

目前還不行。現在並不是時候。

我如此在內心找了理由，並且拒絕他。

但是，我想都沒有想過，自己居然會在之後痛切體認到，像這樣的做法……正是導致我「什麼也得不到」的原因。

彷彿在嘲笑我做錯了選擇，情況急轉直下。

以某一天為界，吉田變得會準時下班，會按時刮鬍子，襯衫的皺痕也不見了……明顯可以感覺到，在他的生活中有了「其他人」的形跡。

在公司裡，我也認識幾個對吉田有好感的女生。

有的是會計部，有的負責行政……他在女生間還滿受歡迎。

撇開總是一臉憔悴，氣色又有欠健康的部分不提……他算五官端正，對女性也相當溫柔。

然而……那些女生都沒有對吉田出手，因為……她們曉得我中意他。

我不會跟吉田以外的人單獨吃飯。光是如此，就足以讓她們臆測我跟吉田之間有些

「特殊的什麼」。

深思以後，我認為這樣的性格很討厭。然而，我卻感覺到了為自己持續樹立形象的成果。沒錯。吉田他對我有意思，所以妳們是不可以出手的。像這樣，我在內心獲得了優越感。

可是，唯有「她」不同。

分發到吉田經手專案底下的三島柚葉。

起初她被吉田嘮叨說教都顯得一副生厭的模樣，等我注意到時卻變成了少女戀愛的臉孔。而且，她也不會多作掩飾。

三島看起來正展開猛烈追求。儘管身為當事人的吉田似乎渾然不覺……

我變得不安了。

我拒絕掉他的告白了。

往後，如果還有誰像三島一樣無懼於我的存在而不停地追求吉田……他是不是就會依了當中的某個人呢？

如此的不安支配住我的心。

起初我以為自己能忍。我想要寄託在吉田會幫忙實現「即使如此，他仍然喜歡我」的期盼上。

但是……我對他的用情程度，似乎比自己所想的還要認真。
結果我按捺不住，就管起了他的閒事。
於是……我因而得知他「把女高中生藏在家裡」的驚人事實。

＊

他一點一點地改變了。
從北海道來的女高中生，沙優。
吉田在持續跟她扮成一家人的過程中，慢慢找到自己除了工作之外的定位。
況且……最後他還送沙優回到真正的家，為她指出了未來。
我有所領會。
吉田他……跟我完全不同。
他具備一旦決定要貫徹到底，就無論如何都會完成目標的毅力，以及韌性。
從我的角度來看，他也迷惘煩惱過好幾次。
即使如此，吉田仍讓我看見他做到了，他成功幫助了別人。而且……透過這件事，他看起來似乎也獲得了些許的救贖。

他好耀眼。

我又淪為光會旁觀別人耀眼的立身之道，還只能瞇著眼睛羨慕的存在了。

他跑到了跟我不一樣的世界。

所以……如今的他，不會再選擇我了。我這麼心想。

吉田養成自立的精神之後，遲早會有人能溶化他的心，並且跟他在一起。

那個人或許會是沙優，或許會是三島……也或許是她們之外的某個人。

不過，在候補的人選當中，我覺得並沒有我。

……幸好。

這樣的一個字眼，從心頭湧現。

幸好什麼？

我問我自己。答案立刻就出來了。

『幸好，當時沒有接受他的告白。』

假設，那天我接受了吉田的告白。

不管怎樣，他應該還是會將沙優藏在家裡。而且，他應該會決定救沙優。

照理說，如果吉田有個「女友」在，他們倆的同居生活就不可能成立。

假如我是他的女友，是個有立場對他生活置喙的人，那我肯定會建議將沙優送交給警方照顧才對。

我之所以沒有那麼做，是因為我們兩個對彼此來說終究屬於外人。而我也明白吉田心意已決。

萬一，身為「女友」的我要求吉田「將沙優拋下不管」……即使如此，他肯定還是會選擇幫助沙優吧。

然後，我跟他的關係就會結束。

那時候沒有跟他修成正果，果然是對的。

理應獲得的關係，將因而喪失。

我早知道，一切事物都會歸結於本身該有的型態。

我不適合談戀愛。

宛如靠他人期許塑造出的我，內在是空洞的，根本沒有辦法溶入某個人的「生活」當中。

事情，到此完結。

久違的戀愛家家酒，讓我玩得很盡興。畢竟我有心動過，也想起了自己是個女人。

所以……往後的生活，就照舊吧。

將全力傾注於工作。

繼續保持在別人眼裡「狀似完美的我」就好。

我又能回歸輕鬆愜意的每一天。

……每當我像這樣在內心疊加言語。

便能感覺到心跳異常加速。

胸口好痛。

無論如何，我還是會忍不住想起吉田。

想起他若無其事地表示體貼時，那自然的微笑。

想起他認真向我告白時的通紅臉孔。

想起那一次被他問到「妳能跟我上床嗎」的悸動。

想起他直到最後都沒有拋下沙優的盡心態度。

那一切。

都讓我喜歡過。

我喜歡過他。

每當我疊加用來讓自己死心的說詞，情意就變得更深。

我有過不管怎樣，都要跟他修成正果的念頭。

為什麼我會拒絕掉呢？為什麼我沒有認真表達出欲求？我責備自己。

好痛苦。

痛苦歸痛苦，那份感情卻是甜蜜的。

是戀愛，我在談戀愛。

那樣的感覺，跟我對鈴木先生抱持過的感情，以及在大學時交往的男友身上體會到的感情都截然不同，時時揪緊著我的胸口。

我想像了跟他接吻的情境。令人小鹿亂撞，胸口彷彿要迸開。

想像自己脫去衣物，然後跟他結合的情境，身體就熱了起來。我想要知道，倘若我們實際那麼做，會是什麼樣的感受。

我發現，自己在談一場不知道如何是好的戀愛。

到了這個年紀，我才首度……想要用自己的全力，去追求一名異性。

而且……我不曉得該怎麼追求才是「正途」……為此……我十分地困擾。

結果，沙優返抵她真正的家，吉田又變回「勤勉的公司員工」了。

儘管沒有之前那麼誇張，他加班的日子仍增加不少，在上班時對於工作的投入程度亦有驚人之處。

我想……他大概也有悵然的感覺。

家裡頭，原本一直有個幫忙做家務，從精神上也能提供療癒的人在。然後，他忽地失去了那樣的存在。

再怎麼告訴自己那樣做是正確的，內心肯定還是會覺得落寞才對。

為了揮別那樣的情緒，他投身於工作。

我又開始像之前那樣定期約吉田吃飯，適度地幫助他宣洩。

……幫助他宣洩，這樣的用詞並不正確，因為我自己也想跟他去吃飯。

到頭來，我沒能放下自己的這段感情。

至今我仍覺得自己喜歡他，也希望將來能踏出跟他交往的那一步。但我缺乏豁出去

的勇氣……就跟之前一樣，保持著若即若離的距離感。

然而，有一件事讓我感到掛心。

這陣子，三島跟吉田的模樣不太對勁。

從我的座位可以環顧整間辦公室。為了考核勤惰，我在工作之餘都會分神注意整間辦公室的員工。當中較顯眼的，到底還是吉田與三島兩人。

他們倆總會為了工作的事情你一言我一語地鬥嘴。所有人對此也都習慣成自然了，即使他們倆起口角，其他同事大多連看都不會去看。

大家似乎公認那就是他們倆的溝通方式。而我看了總覺得不順眼。

這件事姑且先擱一邊。

自從沙優不在以後，三島對吉田展開的追求看似比以前更加熱烈了。她三天兩頭地約他吃飯，或者邀他去電影院……任誰看了都曉得「妳是對他有意思吧？」才會像這樣頻頻示好。

看到三島每次示好都撲空，連想約吉田吃個飯都會被斷然拒絕，我實在覺得同情。這樣的話，應該近期內就會有什麼事情發生吧……老實講，我有這種感覺。

三島肯定會向吉田告白。儘管吉田總對她回以冷淡得可說是不領情的反應……旁人卻也看得出來，他對她並非毫無好感。

吉田單純是沒有察覺到三島的情意而已。

因此，倘若三島抱著不成功便成仁的決心告白，說不定就成了。

坦白講，我在意得不得了……萬一結局真是如此，那才叫無可奈何。

屆時，我便可以對他完全死心。

所以說，我要緊盯他們倆的感情何去何從……就是這麼回事。

明明我如此下了決心。

「現在是什麼情況？我說那兩個人。」

某天的午休時間。

神田蒼專程來到我的座位，還一邊賊賊地笑著，一邊用下巴指向吉田那邊。

「誰曉得呢……」

我略帶苦笑，做出了含糊的回應。

今天的吉田與三島，始終不太對勁。

吉田好幾次要找三島講話，三島卻東閃西躲地找理由溜掉。看在旁人眼裡簡直像在玩捉迷藏。

說來說去，就是周圍的狀況神田也看在眼裡，似乎立刻發現那兩人狀況有異了。

「吉田會不會對她做了什麼？」

神田帶著愉悅的調調說道。

「誰曉得呢？」

我回了相同的一句話。吉田明顯正困擾似的靠在椅子上。隨後，他被橋本搭話，於是喪氣地從辦公室離開了。大概是去員工餐廳吧。

「感覺上，三島不像在發飆耶。她是在緊張嗎？倒不如說……」

神田繼續說道。明明我擺出對這個話題沒興趣的態度，卻不被當一回事。

她臉色一亮，將視線轉向我這邊。

「欸，該不會是三島告白了吧！」

「我、我哪會知道啊……」

「啊哈，精彩的表情。」

「…………」

我一語不發地瞪向神田。

那張好似「看穿了一切」的臉，我並不喜歡。

她說了聲「哎呀」，並且做作地當著我面前舉起雙手。

「不過，大姊姊看到他們那樣，心裡都犯癢癢了。應該說是替他們焦急吧。」

神田原地踱著步說道。

「放著不管的話，感覺他們會那樣持續好幾天耶？」

「或許是呢……」

一想像她所說的那種光景，我就有點不忍心。

三島向吉田告白了，感覺這樣的說法也未必貼切。我原本就知道，他們倆遲早會有如此的進展。

而且照我看來，她恐怕……沒有聽對方答覆吧。

所以，三島才會趕在吉田疑似要提到那件事之前四處逃跑。

倘若如此，如果這種狀況繼續下去，我覺得他們倆都會心力交瘁。

「後藤小姐～今天，要不要跟我去喝酒？」

神田斜眼朝我看過來。

我大概猜到她的用意了。

「……可以啊。」

「真的嗎？我也會約那兩個人喔？」

「我懂。」

「啊～不錯耶！肯關照下屬的前輩，我喜歡！」

神田帶著親暱的笑容，用手指比出槍的形狀，然後做了一個「砰！」地將我射穿的手勢。

接著，她匆匆從辦公室離去。

我發出嘆息。

她老是跟我裝熟。不，說她對誰都一樣裝熟……應該會比較正確。

儘管如此，不可思議的是我對那種態度倒不太覺得反感。相當占便宜的人格特質，這是我的感想。

沒錯，我也有注意她這個人。

據說她跟吉田曾就讀同一所高中。而且，在她從仙台分公司調職過來的那天，吉田露出了前所未見的表情。

那表情，簡直像戀愛的少年……

「……唔。」

光是回想就讓我有氣。

我不曉得他們倆發生過什麼，卻認為吉田明顯對她是懷有特殊感情的。

我試著委婉問過神田在高中時的經歷，結果發現她似乎參加過壘球社。吉田參加的是棒球社。兩個人就算有交集也不奇怪。

莫非，吉田在高中時交往過的對象就是她？

想到這裡，我甩了甩頭。

不可能有那樣的巧合。我被不安糾纏過頭了。

讀相同高中的人在公司重逢，光機率本身就微乎其微。如果彼此還當過男女朋友，那已經可以說是命中註定了。

神田生得那麼漂亮。感覺上……她會是吉田憧憬過的學姊吧。

我兀自點頭稱是，然後從辦公桌旁拿起超商購物袋，把那放到桌上。

從袋裡拿出盛著雞胸肉的健康沙拉，並且「啪」地拆開免洗筷。

淋上調味醬，張嘴吃了一口。

……味道跟平時一樣。

清淡而缺乏滋味。味道也早就吃膩了，所以這餐完全不令人振奮。

然而，今天下班後要去喝酒。

在那裡就可以吃我喜歡的東西，中午大可比照平時忍一忍……

「…………啊。」

思考到這裡，我停下了筷子。

沒錯，今天三島與神田都在。

我並不能盡情大啖肉與酒。

「唉……」

我發出嘆息。

「真是累人呢。」

我忍不住這麼開口。

會計部的女員工經過旁邊，隨即睜大眼睛看了我。

「……後藤小姐，妳累了嗎？」

被她那麼問，我一邊感覺到自己變得有些臉紅，一邊點頭。

「稍、稍微啦。我大概也年紀到了吧～……說著玩的。」

「啊哈哈，妳還年輕得很呀！」

她對我打趣的話笑了笑，然後點頭致意，從辦公室走離。

我再度嘆氣，接著，又開始把沙拉送進嘴裡。

真想吃肉。雞胸肉之外的貨色。

結果，由神田負責匯集成員的酒局——手法頗為蠻橫——便在一間舒適且附包廂的居酒屋辦成了。

吉田與三島之間明顯瀰漫著尷尬的氣息，總之我與神田就天南地北閒聊起來，不時也引導他們倆接話。

聊著聊著，有件事是明顯可見的。

果然，三島很可能已經對吉田採取了某種「較激烈」的動作……就是這麼回事。我想她八成是做了形同告白的什麼舉動，不會錯的。

而在那之後，不曉得是三島逃掉，或是吉田做了什麼舉動——比如，像往常那樣的遲鈍反應——雖然詳情不得而知……總而言之，可以想見的是對話在他倆談出結論前就結束了。

吉田努力想要找三島再談一次，三島則使盡全力在逃避。

大致上就是這樣。

我與神田在不言中取得默契，一直想設法讓他們倆靜下心談話。

到最後，他們倆似乎說好在這次酒局散場後，會單獨談一談就是了……

「要是他們現在上了床，妳怎麼辦？」

總不能尾隨那兩個人而去。沒戲唱的我跟神田便趁著酒興，找了第二間店續攤。

我們倆走進路途中隨意挑的烤雞肉串店，酣言醉語地拌起嘴。

「我敢說，吉田才不會那樣。」

聽我如此回答，神田刻意揚起了嘴角。

「這話有什麼根據？」

「誰教我完全沒辦法想像他做那種事的模樣。」

「呼嗯～就這點理由啊……」

神田接的那句話，流露出「我可不那麼認為」的弦外之音，使我不由得用銳利眼光看向她。

「妳是怎樣？臉色忽然那麼凶～啊，東西來嘍。」

在神田開口的同時，態度不太算親切的女店員「砰」的一聲，把什錦烤雞串擺上桌後離去。

「雞皮我拿走嘍，因為我愛吃這個。再加個雞頸～跟雞脯～還有雞肝我也要。」

神田毫不客氣地把合胃口的烤串挪到自己用餐的碟子上。

什錦烤雞串盤裡，剩下雞屁股串、蔥肉串、腿肉串，還有雞肉丸串……

「妳留給我的全是油膩的部位嘛。」

我提出怨言，神田卻不顯介意地立刻吃起雞皮串，緊接著更舉杯喝了拉弗格。

「唔～！我就是喜歡這種像理化教室的味道。」

她似乎是指拉弗格威士忌。光聽那句話實在不會覺得是美味的飲料。

神田朝我瞥了一眼，然後問：

「妳不吃嗎？」

「呃，我說過……這些全是油膩的部位。」

「有什麼不好呢，應該合妳胃口啊？」

神田率直說道。吃驚的我因而沉默下來。

她賊賊地笑了笑。

「妳都瞞著別人在吃肉吧～？我曉得妳會跟吉田去吃烤肉喔。」

「什……不是的，那也只有跟他去吃飯的時候而已……」

「騙人騙人。每天光吃沙拉，怎麼可能維持像妳那樣的爆乳嘛？」

神田不以為然地說完後，還滿臉享受地大啖雞皮。

果然，我好像被她看透了一切，感覺很糟心。

之前四個人喝酒時，她也若無其事地把我最先點的沙拉多分了一些拿去吃，還順手將整盤炸雞塊推來我這裡……當中體貼的心思我的確有發現。

她這種體貼人的方式跟吉田類似。

對此感激的同時，我也覺得有點吃味。

我認命地拿起雞屁股串。神田哼了哼聲。

含蓄地吃下一口，雞脂彷彿在嘴巴裡爆開，感覺幸福得令人暈頭轉向。

嘴裡久久不散的雞脂味，被我用廉價日本酒沖進喉嚨裡。心曠神怡。

「呵呵……妳好像很享受。」

神田挖苦似的說。

「拜妳所賜。」

壓抑的食慾一旦解放，就會覺得怎樣都無所謂了。

何況都已經被她看穿了，我也沒有理由再繼續堅持。

我坦白回話以後，神田便哈哈笑了出來。

我默默地吃了一陣子的烤雞串。品嘗肉味，再灌下日本酒。反覆如此幸福的過程，轉眼間日本酒就少了一合。

「後藤小姐，妳喜歡日本酒？」

被問到的我曖昧地點頭。

「要說的話……算喜歡吧？」

「怎麼回答得不太明確？妳是不是還有更喜歡的酒？」

神田巧妙切換客套與裝熟的語氣。即使突然少了客套的味道，聽在耳裡也不會覺得有失禮貌，令人感到不可思議。

「哎……或許，我比較喜歡啤酒。」

我答道。而她發出了一聲：「啥？」然後蹙起眉頭。

「那妳喝啤酒不就好了？」

「呃，可是……如果我咕嚕咕嚕地喝啤酒，會很怪吧？」

「哈哈，有誰像那樣說過妳的閒話嗎？不好意思～來一杯生啤！」

神田露出苦笑，還擅自舉手點了生啤酒。

接著，她又轉向我這邊。

「倒不如說，妳剛才就喝過啤酒吧。」

「畢竟那是第一杯啊。」

「連用餐點酒的順序都要講究，妳講話突然變得好像大叔耶。三島可是從第一杯就點了鮮橙黑加侖雞尾酒喔，鮮橙黑加侖呢。真可愛。」

「很合她的形象。」

「的確。不過，她八成只是點了自己愛喝的而已。要喝酒，照喜好選就行了嘛。」

「或許是那樣沒錯……」

「唉唷，哪需要那麼麻煩！女人跟女人出來喝酒，不用充門面！」

在神田斷然說道的同時，生啤酒「砰！」地被擱到了桌面上。女店員什麼也沒說就直接離去。

「態度差到這種地步反而讓人覺得夠乾脆呢……」

神田說的話，讓我也忍不住笑著點頭附和。

她手腳迅速地把啤酒杯推來我這邊，然後輕快拿起了自己的威士忌酒杯。

「那麼，敬我們最喜歡的酒～」

我聽出她的用意，便淺淺地嘆了氣，並且用啤酒杯碰向她的酒杯。

「乾杯。」

舉起啤酒杯往嘴裡倒，細緻的泡沫沾上唇邊，冰透的液體隨後便跟著流進喉嚨裡，令我產生「恍惚」一詞會不會就是為了此刻而存在的錯覺。

「啊～……」

於是，伴隨啤酒在肚子裡累積起來的感受，我覺得酒精似乎正逐漸滲入體內。

「我問妳喔……妳跟吉田，讀過同一所高中對吧？」

有了醉意之後，我總覺得自己只要趁現在，就什麼都敢問。

神田毫未遲疑地點頭。

「是啊。」

「連待過的社團都相同。」

「與其說社團相同……棒球跟壘球有區別耶。哎，畢竟操場是平分來用，或許也算都在一起吧。」

「你們很要好嗎？」

我提出的問題，讓神田眨起了眼睛。

接著，她滿不在乎地回答：

「與其說要不要好……我跟他交往過就是了。」

我跟他交往過就是了。

我跟他交往過就是了……

我跟他交往過就是了………

彷彿加了回音的特效，那句話在我腦海裡一再重播。

「……唔。」

當頭腦完全理解她話中意思的同時，我開了口。

「你們交往過……？」

「嗯，一年左右吧？」

「那、那、那麼……吉、吉田說過他有個在畢業後就自然漸行漸遠的女友。」

「對啊對啊，就是我。」

「咦～！」

我不禁發出比想像中更高的驚呼聲，還將手湊到嘴邊。

神田看了我那模樣便嘻嘻發笑。

「超巧的對吧？跟前男友在調職後的職場重逢。」

「是啊……我原本還認為再巧也不至於巧成這樣。」

「後藤小姐，妳姑且懷疑過啊？妳有想到……我或許是他的前女友？」

「當然啊，我都目睹了吉田的那副表情……」

我所說的話，讓神田使壞似的笑了笑。

「妳看得真仔細。」

「………………」

平時我沒有像這樣被人逗弄過，所以不曉得要如何回話，為了掩飾詞窮的空檔只好拿起啤酒杯就口。

我朝神田瞥了一眼。無論看幾次，我都覺得她是個外形絕美的人。身材苗條，卻又凹凸有致，嘴邊長的痣更添妖豔氣息。

老實說，我想像不到這樣的人會跟吉田交往。

……低俗的好奇心隨之湧現。

「你們……」

「嗯？」

「你們曾經……進展到哪一步？」

我忐忑不安地問，神田便噗哧笑了出來。

「沒想到妳會好奇這方面。」

「呃，與其稱作好奇，該怎麼說好呢……」

被她那麼一說，使我更加害臊。可是，在意就是在意啊。

神田從喉嚨發出「嗯～」的咕噥聲，目光同時游移了幾秒鐘。

我一邊斜舉啤酒杯飲酒，一邊等待她的話。

她將視線轉向這邊，然後說道：

「哎，除了懷孕之外，全都經歷過吧？」

「唔咕……！咳咳！咳咳！」

我差點將啤酒噴出來，急忙喝下去以後，喉嚨就被液體嗆到了。

「啊～啊～後藤小姐，沒事吧？」

「呼……呼……注意妳的用詞！」

「咦～？不然這麼說好了，我跟他是進展到上床為止。」

「當時你們都是高中生吧！」

「對啊？這點事情，大家都會做嘛。」

「是、是、是那樣嗎……？」

「妳意外地純真耶。」

那明顯有瞧不起人的意思，因此我惡狠狠地瞪向對方。神田嘻皮笑臉地躲開了。

原來高中生之間……會做那種事啊……我還以為那種事情，正常要等到讀大學左右才會做的。我是說真的。

「所、所以……你們滿常做那種事？」

然而，一旦開始發問，湧現的好奇心便止不住。

「哎……在家約會的時候，大多都會做。」

「呼嗯～在家裡約會……你、你們有多常去彼此家裡？」

「一週四次吧？」

「四次！」

「因為我當時性慾挺強的。」

「哦……所以都是妳引誘他嘍？」

「呃，我們不會去分誰引誘誰就是了……呃，起初算我主動吧？不過除了剛開始之外，大多都是順著感覺走。」

「順、順著感覺走是指……？」

「咦～？就兩個人躺在床上，一邊閒聊一邊看漫畫之類的～」

「唔嗯，唔嗯……」

「有感覺自然會開吻。」

「咦，突然嗎！」

「接著，就做起來了。」

「我完全聽不懂你們是怎麼順著感覺走的……」

簡直像在聽人講述不同的文化。

「不都這樣嗎？跟對方提到今天想做……那我先去沖澡嘍……沖完澡出來了……那就開始吧……應該說，每次重複同一套都嫌麻煩了。」

麻煩，這個字眼令我疑惑。

「既然妳會嫌麻煩……不做就好了吧？」

我提問，神田便將嘴巴撇向旁邊。

「我是指想做歸想做，還要跟對方一步一步來的感覺很麻煩啦！」

「但、但是，妳不會覺得那就像某種特別的儀式嗎……」

「妳是不是看太多少女漫畫了？」

我發出「唔」的一聲。她猜得太準。

我的性知識，頂多來自情節稍微開放點的少女漫畫。

神田低吟似的告訴不由得扭捏起來的我。

「光是有想要對方的那個心，不就夠了嗎？」

那句話，讓我感覺到胃部一陣發冷。

有心想要對方。

那是我在以往戀愛中，所欠缺的一大要素。

讀大學時，會錯失跟男友的初體驗……感覺原因也是出在自己缺乏那種心。

「……妳喜歡過吉田。」

我一說，神田就緩緩點頭。

「那當然嘍。否則我也不會跟他交往，還把身體交給他。」

「也對。」

「吉田是個好男友喔。他肯為我著想，也不用擔心外遇，做愛技術又滿有一套。」

「是、是嗎……」

「大又有體力是他的優點。」

「我、我沒有問得那麼深入……」

「還有舌功也是。」

「夠了！妳是在捉弄我吧！」

我厲聲喝止，神田「啊哈哈！」地大聲笑了。

臉好燙。

而且，令人好生嫉妒。

從其他女性口中，聽到吉田有我不認識的一面，感覺五味雜陳。我卻忍不住想要多聽一些，連我自己都不明白這是什麼樣的心境。

還有，我同時也冒出了疑問。

「既然妳現在都還這麼誇吉田……為什麼會……」

我如此說道。而神田似乎聽出後半句話想問的是什麼，於是嘆了一聲。

「呃，這個嘛……唔嗯～……」

神田難得像在慎選詞彙一樣地讓視線游移了片刻。

「該怎麼形容好呢……應該說，他太珍惜我了。」

「那是壞事嗎？」

「唔嗯～……總覺得，那樣會讓我害怕。」

「妳會害怕？」

被人珍惜而感到害怕。

我不太能理解話中的意思。

神田拿起吃完的雞皮串竹籤，還捏著它左右轉來轉去。

我一邊望著她，一邊覺得那似乎是在掏出心底的話。

「總覺得……那傢伙固然肯說『我喜歡妳』或者『我想珍惜妳』之類的話……可是，除了那以外的想法，他都不太會說出口。」

神田瞇起眼睛，彷彿在回憶當時。

「我明白，他很珍惜我。可是……因為如此，我便無法分辨那傢伙心裡有沒有懷著不滿。」

她的話裡流露著哀愁，語氣聽起來就像在逐一挖掘內心的後悔。

「與其受珍惜，我更希望他能多耍任性。要不然，我就難以安心。獲得滿足的會不會只有我呢？他是不是在被迫忍耐？……我無法忽視這樣的不安。但是，即使心裡那麼想，我也沒辦法順利將那些化成言語，還像撒嬌一樣地只顧索求他的身體。」

總顯得無所牽掛的她如此道來。我聽著那些話，能做的就只有安分點頭。

老實說，我很難體會。她所談到的，全是我沒有經驗過的事情。然而，唯獨蘊藏在言語的靜謐分量，傳達到我的心裡。

神田那雙低垂的眼睛霍地睜開。

她嬉鬧似的笑了出來。

「所以嘍，結果，我就溜掉了。」

「妳指的是……跟吉田切斷聯繫？」

「嗯，在我畢業的同時。吉田值得更好的對象……我這麼告訴自己，明明我曉得，這樣會傷到人。」

神田一邊露出苦笑，一邊如此說道。

應了聲「是嗎……」的我則動手把肉從蔥肉串剔下來。這別無特別意義，完全是排遣寂寞似的行徑。

「之後呢，我就苟且賴活啦。一邊工作，一邊找男人玩。」

「玩、玩男人……」

「是啊是啊。不過果然還是沒有一看就來電的對象。心裡也會覺得：啊，原來吉田跟我這麼投緣。」

「投緣……」

「結果我也交不到男友。原本只求能賺錢過日子就好，卻被調來東京，到任之後又碰巧跟吉田重逢。我的感覺就一句話：有這麼有緣的嗎？」

神田嘻嘻笑了出來。

好奇的想法直接自我嘴裡脫口而出。

「現在……妳是怎麼想的？」

「什麼叫我怎麼想的？」

「我是說……妳對吉田的感情。妳依然對他有好感的吧？」

我一問，神田便「唔～」地咕噥起來。

隨後，她帶著有幾分落寞的臉色笑了笑。

「唉，喜歡是喜歡。不過，我已經放棄了。」

「為什麼？」

「為什麼……後藤小姐，妳要問這個啊？」

神田刻意鼓起了腮幫子給我看。相貌成熟的她擺出那種表情，顯得格外討喜。

神田帶著惹人憐愛的表情說：

「因為呢，吉田現在全力投注於另一段感情上。」

「另、另一段感情……」

「沒錯！就是對妳的感情！」

神田強調似的告訴我，我因而心跳加速。

「妳並不是沒有察覺到吧。」

「呃，要說的話，也對……」

「後藤小姐，吉田明確說過他喜歡妳喔。」

「咦，是那樣嗎……？」

「他沒有向妳做過告白之類的嗎？」

神田振振有詞地問。

我一邊感覺臉在發燙，一邊領悟到敷衍對她並不管用，於是怯生生地點了頭。

「嗯……說起來……之前確實是有……」

「咦！他向妳告白過？」

「是的……」

「然後呢，妳怎麼答覆的？」

「我、我拒絕掉了……」

「啥！」

「我騙他說自己有男朋友。」

「欸，太差勁了啦。呃，後藤小姐，畢竟妳也有好感吧？對於吉田。」

「…………是的。」

我滿臉通紅地點頭。而神田用了好似在觀察奇特生物的眼神望著我。

「……咦，那妳為什麼要拒絕呢？」

再合理不過的疑問。我卻窘於回答。

我認為自己喜歡吉田。我確實也有慾望，想要將他納為已有。不過，就算順從那股欲求，興沖沖地跟他交往……我仍會忍不住設想之後的「可能性」。他關心起我以外的事物，因而跑掉的可能性；或者說，他對於我這個人感到厭倦，因而從我身邊離去的可能性。

如此的不安情緒湧上以後，我立刻會變得膽小。保持現狀，繼續當一個「讓他憧憬的上司」，是不是就能讓目前的舒適圈更長久呢……我不由得打起這樣的算盤。

「妳害怕了嗎？」

神田這麼問我。我的心臟猛然蹦了起來。

她總是有辦法輕易揭穿我藏在心裡的想法。

「……嗯，或許是的。」

「原來如此……」

她靜靜地嘆了氣。

我開口，將內心的話逐一向她掏出。

「一旦發現自己『有心想要』，我就會忍不住設想自己得不到時的心境。」

神田一邊舉起威士忌酒杯飲酒，一邊聽著我所說的話。

「要是能天真地接受他的告白多好……我這麼設想過好幾次。老實說，我也會後悔當初拒絕了他。不過……要進展這段關係，依舊會令我害怕。無法預料我跟他之後會有什麼變化，就讓我感到……相當害怕。」

「呵呵。」

原本一臉嚴肅的神田突然露出笑靨，我因此訝異地看了她。

神田緩緩地搖著頭說：

「後藤小姐，我呢，一直都對妳滿反感的～」

「咦……怎麼突然提這個？」

對方冷不防地吐露想法，讓我心生畏縮。

因為神田搭話的態度實在太過親暱，我絲毫沒有想過會從她口中聽到那樣的話。

「哎……該怎麼說好呢？妳總是滿臉從容，還擺著一副『我就是大家憧憬的對象，對吧？』的態度，可是老實講吧，在我看來，會覺得那全是假象。」

神田用食指撫過威士忌酒杯的杯緣，並且繼續說道：

「我有感覺到，這個人是用展現強處的方式來保護自己。所以才會產生反感吧……我是這麼想的。」

接著，她抬起目光，然後定睛看了我。

「好像單純是同類相斥惹的禍。」

「同、同類相斥……？」

「對。妳那種若隱若現的膽小性子，曾讓我討厭得不得了。」

神田感慨地這麼說完後，就賊賊地笑了笑。

「說起來，也許吉田沒有看女人的眼光。」

我原本覺得這話是在暗中損人，卻聽出她本身也包含在對象之內，便無意開口跟她多爭論了。

「結果，那只是希望得到保證吧。」

神田說完便將拉弗格一飲而盡，酒杯「砰！」的一聲被擱到桌上。

「想求個安心的理由，在自己有把握以前都沒辦法止住不安的心理，不安將招致行動處處退縮。」

神田淡然地列舉出事實，隨即自嘲似的微笑。

「然後，就會與重要的事物失之交臂。」

從額外補足的那句嘀咕當中，聽得出她自己的實際領悟。

「不過呢，我在長大後就發現了。」

「發現什麼？」

「在人際關係裡，根本沒有所謂的保證。」

神田一邊斷然說道，一邊叫了從旁經過的店員。「麥卡倫，加冰。」神田如此交代，店員便默默點頭，然後走向廚房。

「明明是間平價的烤雞肉串店，唯獨威士忌的品項格外齊全呢……」

神田小聲嘀咕後，驀地抬起目光。

「要是將未來都看在眼裡，跟他人來往就沒有刺激感了喔。」

她開口將話題帶了回去。

「妳想嘛，好比衝動購物，也會有刺激感啊。那種興沖沖將東西買下的感覺……！買了以後也會遇到沒想像中那麼好的情況；反過來說，也有值得一輩子當寶貝的時候。不過……買的若是從一開始就知道優質的東西，買了用過會覺得『正如所料』而滿足，接著就結束了。之後只剩步入『在生活中擁有這麼一件東西』的常態，毫無感動。」

原來如此——我不由得這麼嘀咕。她的比喻非常好懂。

想想，我發現自己「購物」似乎都是用她說的那一套。衣服也是，都買自己曉得會合適的款式。所以，第一次穿上去的時候也沒有什麼刺激感。家電也一樣，買任何東西都一樣，我都會事先調查風評，專門買自己知道「這絕對好用」的貨色。方便歸方便，感動卻僅限於最初。

正如所料的結果。毫無刺激感的每一天。明明如此，我這個人就是會安於現狀。

「也許，無可取代的東西……大多是不顧後果行動才會得到的呢，肯定是的。」

神田說完以後，就把店員「砰！」地擱到桌上的新威士忌含進嘴裡了。

無可取代的東西，要不顧後果去行動才能得手。

聽到那句話，首先在我腦海裡浮現的……就是沙優。

我認為吉田為沙優付出，正是這種行為的體現。

把並非親人的未成年者藏在家裡頭，況且，對方還是異性。他背負了那樣的風險，也明白那種相處關係並不正當，卻依然貫徹了自己相信的正義。我想，結果他就獲得了某種無可取代的東西吧。那絕非值得褒獎的作為。但至少……那樣的行動，成功改變了「兩人份」的人生，唯有這點是無庸置疑的。

我擅自認為吉田跟我屬於同類，卻看到他敢於貫徹那樣的作為……讓我有種「自己被拋下了」的心境。跟遼平告訴我「要出國留學」時一樣的心境。

明明我不肯承擔風險，發現有人跨越了自己無法克服的那道門檻，又忍不住要強烈嫉妒，實在是心地醜陋的生物。

「像我們這樣的人，是很難忘懷的喔。」

神田望著我說道。

「……忘懷什麼？」

我問道，她便詭異地笑了。接著，她低吟似的開口：

「失去的東西有多沉重。」

胃裡竄上寒意。

因為我非常能體會她話中的意涵。

「那樣的話，之後將會落得一而再、再而三地回想『要是當時能擠出一點點勇氣……』的下場喔。」

神田嚇唬人似的低聲說道。

隨後，她若無其事地擺出開朗臉色。

「哎，也許大人就是要懷著那一切的心結活下去吧～我只是說說而已。」

那句話裡藏著幾分教誨般的調調，卻似乎被她用滿不在乎的語氣巧妙掩飾掉了。

「後藤小姐，趁著還沒後悔，我覺得妳也要趕快行動才好喔～像三島那樣。」

神田說著，淺嘗了一口威士忌，然後看向我。

「哎，前提是吉田沒在今天內被三島吞掉啦。」

她補充說道。那語氣明顯是在戲弄人，我於是瞪了她一眼。

「我該把妳當夥伴還是敵人呢，妳是站在哪一邊的？」

「我沒有支持任何一邊喔。因為三島跟妳都令人焦急，我只是希望吉田趕快選一邊交往而已。」

「…………」

神田看我咬牙沉默不語，就哈哈笑了出來。

「後藤小姐，沒想到妳有這種可愛的地方呢。」

「囉嗦……」

我很少像這樣被人當面調侃，因此沒有辦法從容應對。一直遭受如此對待，也就開始放棄為自己多做粉飾。

於是，我總覺得逐步卸下了肩膀的重擔，或者該說心情漸漸輕鬆起來。

仔細想想，自從出社會以後，我似乎就沒有跟公司的人——吉田以及那些幹部例外——像這樣放鬆心情長談了。

儘管神田擺著一副大剌剌的態度，卻也可以感覺到她對我並非欠缺敬意。她懂得從對話的隻字片語之間敏銳地體察我「討厭被人跨過的那條線」，還保持在不越界的範圍內跟我輕鬆攀談。

總之，她是個好聊的對象。

「呃～不曉得是不是因為在根本上有點類似的關係。」

酒意已深，心情大好的神田說道：

「妳不覺得我們挺合得來嗎？下次再一起喝酒嘛。」

不可思議的是，我聽了並沒有厭惡的感覺。像這樣單方面被宣告「合得來」，我也莫名能接受她的說法。感覺我跟她的確合得來。

「哎……既然妳不嫌棄，我也可以奉陪啊……？」

聽我如此回答，神田不悅地撇了嘴。

「又來了，像妳這種說話方式很卑鄙耶，讓人聽了就火。」

聽到神田斷然的語氣，我的心臟隨之猛然一跳。無論到了幾歲，被人明確斥責仍會讓我感到不安。

「我可不希望跟一個勉為其難作陪的人喝酒喔～？」

神田說著便揚起了單邊嘴角。

看她那樣，我發出嘆息，交雜著放心與慚愧之意的嘆息。

「我曉得啊。」

她是要我坦率，至少在我倆單獨相處時別拐彎抹角的意思。

「抱歉，用這種方式說話……是我的習慣。雖然這令人汗顏。」

「我跟妳講話也覺得很開心。所以，下次再出來喝吧。」

「呵呵，既然如此，我很樂意。」

神田咯咯笑了笑以後，便將杯裡的威士忌喝到見底。

猛一看，我發現自己的酒杯早就空了。

「店員小姐～！麥卡倫加冰！後藤小姐，妳呢？」

「麻煩再來杯啤酒。」

讓神田一問，我輕輕舉起啤酒杯，有欠親切的店員就頭也不點地將兩人份的空酒杯收走了。

「……被店員冷漠對待，好像開始讓我覺得有點痛快了。」

聽神田如此嘀咕，我噗嗤笑了出來。

後來，我們只顧著開心喝酒。

彼此發了工作上的牢騷，也聊了平時不會談的腥羶話題。

偶爾差點想起「不曉得現在吉田跟三島在做些什麼？」我便打消思索的念頭。

不要去擔心自己無能為力的事情比較好。

與其想那些，我覺得思考自己往後該怎麼做才比較有意義。

而且，像這樣跟她喝酒，也不失為一個辦法。

我最好多學學，要怎麼樣才能表露自我。

我深深地如此認為。

*

隔天之後，我比平時更加仔細地觀察了吉田與三島兩人。

然而……該怎麼說呢，他們倆一如往常到「讓人覺得不自然的地步」。尤其三島更是顯得格外灑脫，工作起來比以往更機靈俐落。

儘管兩人間肯定發生過什麼，彼此的感情看起來……倒沒有更進一步。無論再怎麼裝得「一如往常」，假如他們成了情侶，我敢篤定絕對會在彼此的舉止間顯露出來。然而，吉田與三島在公司裡談的盡是工作，其餘時間甚至連目光都毫無交集。給人感覺就是上司與部屬，關係不比這更深也不比這更淺。

由於我實在太好奇，幾天過後，便若無其事地邀了吉田去吃飯，還拋出「你跟三島最近處得如何？」這種既不算委婉也不算直接的問題。

吉田一瞬間顯得愣住了，卻立刻變回不以為意的表情，並且回答「那傢伙最近工作很賣力。所以我也很欣慰。」因為他拙於隱瞞，我本來還以為被問到的時候會顯得更加心慌，然而，完全沒有那麼一回事。

我想，在他們兩個之間，恐怕已經做出了斷了。

我不清楚三島有沒有將心意傳達給吉田。可是，她肯定做過某種意義相近的舉動。兩人並沒有成為情侶……而是選擇維持原本的關係吧。

我將思緒徜徉於當中的來龍去脈，心中大石放下的同時，之所以感到有些惆悵……肯定是因為我在當下，已經知道戀愛有多苦的關係吧。

三島花了多少精神來演出「一如往常」，是我連想像都無法想像的。話雖如此。

既然三島並沒有跟吉田修成正果，我就還有機會。既然有機會，我便該採取行動。我開始多找機會邀吉田吃飯了。

有時候，我還會邀他在假日中午用餐。吉田也願意答應那樣的邀約。

雖然之後都沒有結伴去別的地方玩，不過光是可以在假日特地打扮並且一起用餐，就有種特別的感覺，我想，他應該也有感受到才對。

像這樣，我慢慢增加彼此接觸的機會……在距離感一點一點地縮短的過程中，季節到了冬天。從沙優回真正的家算起，就快要經過半年了。

＊

「欸，妳已經不是學生了耶……」

神田傻眼似的說道。

聽神田要求「談談妳的戀愛進度吧」，下班以後，我們就來之前那間烤雞肉串店喝酒了。

聽到我表示自己正在慢慢增加跟吉田接觸的機會……神田的臉色變了。

「妳以為從妳說過『會試著主動！』之類的話以後，已經隔幾個月了啊？結果妳在這段時間做過的事情，也就只有一起吃飯嘛。不過是日常生活的延伸而已！」

神田咄咄逼人地這麼說。我被她的口水噴到手，於是若無其事地拿了紙巾擦掉。

我跟神田變得會定期出來喝酒，如今她跟我講話都省去客套了。我並不覺得反感。

然而，今天的神田卻顯得跟平常不太一樣。回想起來，她似乎從約我喝酒的時候就貌似有些不悅了。

「事、事到如今，妳是在氣什麼……我每次都有提到自己會邀他吃飯啊。」

我噘起嘴唇，神田就吼也似的告訴我：

「因為妳每次都只會提那些，我才會按捺不住啊！」

「別大呼小叫嘛……」

「你們可不是高中生情侶，老是一起吃飯就滿足像什麼話！」

「我覺得，感情好像就是要這樣日積月累……細膩地談一段戀愛也是可以的吧？」

「你們又沒有交往，別講得好像妳有多懂啦。說穿了就是妳在緊要關頭依舊會怕，對吧？」

唔——我因而詞窮。被她說中了。

沒錯。即使我提起了一點勇氣，結果還是沒有改變至今以來的做法。只是我提高了頻率，毫不間斷地在表示自己的心意而已。至於吉田有沒有察覺到……坦白講，並無定論。

如果面對面向他確認那種事，不就跟告白一樣了嗎？

神田嘆了一聲，然後說道：

「照我看，妳趕快把生米煮成熟飯就行了嘛。」

「啥？」

她大剌剌地講出那種話，讓我不由得迷糊應聲。

「反正你們兩情相悅吧？乾脆做一做就好啦。身與心都相結合的美滿結局！可喜可賀可喜可賀。」

「呃，事情不是用說的那麼簡單……」

「是妳擅自把事情想難了，後藤小姐。」

被她那麼一說，我變得語塞。

或許她講得沒錯。但這個問題並沒有那麼容易就能下定決心……

「好啦，就把我說的生米煮成熟飯當成玩笑。總之妳還是得採取更容易理解的行動才行。」

「容、容易理解的行動……」

「沒錯！妳再放著不管的話，也許吉田真的會被其他女人拐走喔！除了三島以外，未必沒有其他女人正虎視眈眈。」

神田的視線扎在我臉上。

「聽我說，時間是很殘酷的。妳聽吉田說過『下次請由妳主動告白』這種話，或許就以為自己留住他了。但吉田也是人啊，搞不好感到寂寞就會想交女朋友嘛。然後呢，他對妳已經像那樣聲明過。既然那傢伙叫妳告白，我認為他即使賭一口氣也不會主動告白。現在怎麼辦？後藤小姐，假如在妳蘑菇的這段期間，有別的可愛女生告白，使得他變心的話呢？」

他不可能會那樣，我如此心想。

可是，我敢斷言的根據，全都來自我心裡「對吉田的印象」。神田說得有道理。時間一過，人就會逐漸改變。想到我這個人的存在，在他心中將隨著時間經過而逐漸變小，甚至成為不在乎的人，就讓我不寒而慄。

「啊哈哈，精彩的臉色。」

神田笑了出來。

「妳別用那種口氣。」

「咦～？誰教妳的臉那麼精彩。我就喜歡看平時游刃有餘的人露出慌張臉色～」

「性格真惡劣。」

「現在才發現也太晚。所以，目前怎麼辦？妳是認真想追到吉田的吧？」

「……是、是那樣沒錯。」

「妳想嘛，不行動就會逐漸落於人後喔。吉田被其他女人追走的話，妳絕對會後悔的。」

「是那樣沒錯！」

「那妳就只能行動了啊。趁著兩情相悅時，趕快！」

「唉，夠了啦！」

對方喋喋不休地催促，使我一邊感覺臉燙到了人生最高峰，一邊把啤酒乾掉了。

神田則悠哉地發出「哦～」的讚嘆聲。

「妳為什麼這麼想慫恿我！對妳有什麼好處嗎？」

我自暴自棄地問，神田就一邊大口吃起烤雞，一邊挪動視線張望。等到嘴裡的東西吞嚥下去以後，她才說道：

「嗯～……因為要你們倆修成正果，我才能徹底死心吧？」

那句答覆，讓我洩氣地冒出了一聲：「是喔？」

悔。

沒錯，神田跟吉田交往過。而且我曉得，即使在分手以後，她對此仍一直感到後悔。

即使她本人擺出一副已經將感情放下的態度，照剛才的說詞聽起來，果然還是沒有完全看開。

「所以妳劈頭對我說教，自己則故步自封。」

聽我怪罪似的說，神田尷尬地聳聳肩。

「畢竟已經來不及啦。再說我曉得那傢伙喜歡某個人以後，眼裡就會只有對方。」

「所以妳就死心了？什麼也沒做？」

「不不不，我有邀他去賓館。」

「賓……………」

當我彷彿占了上風而振振有詞時，便突然挨中對方的反擊拳，因而倒抽一口氣。

「不過被他拒絕了。」

「啊…………是嗎？」

「妳的臉色像鬆了一大口氣耶。」

「那還用說！」

「啊哈哈，也對。的確啦。」

神田哈哈大笑，並且望向我。

「我希望自己能盡早放下。何況，看人談拖泥帶水的戀愛就覺得焦躁。像三島之前也是一樣。」

她如此說完以後，才吃起了雞頸肉串。

嚼嚼嚼。左右張望。

吃東西時目光會動來動去，似乎是她的習慣。

把肉吞下去以後，神田又開口說道：

「哎，雖然三島的戀愛好像已經結束了。」

她說得莫名有把握，我便偏了頭。

「為什麼妳敢那麼說？」

「看就知道吧。」

「……呃，這個嘛……」

「既然這樣，吉田心中果然只有妳啊，後藤小姐。在目前看來。」

神田再次如此斷言。

「雖然之前我有提醒妳，情況會隨時間經過而改變……但那傢伙要是那麼容易變心的話，我從一開始就不會喜歡他啦。」

話說到這裡，神田垂下目光。

「正是因為這樣……我才覺得……自己做了一件憾事。」

可以看出她的表情驀地降溫了。

的確，要是她沒有跟吉田斷絕聯絡，如今他們倆肯定還在交往，或許也結婚了……

我是這麼想的。

即使我在不安驅使下講過許多擔心的話，到頭來，我自認對他重道義與專情的部分依舊有所理解。畢竟……從我跟他認識算起，已經過了五年。自己這種性格細究起來實在討厭，但他是在什麼時期對我有了明確的好感，我也心知肚明。五年來，他都一直醞釀著自己對我的感情。我覺得，那是件難能可貴的事。

「話雖如此，剛才我也強調過，人心並沒有什麼是說得準的。」

神田完全變回了原本的調調向我說道。

「要是妳放吉田自由太久，他未必不會變心喔。」

「……」

我沉默了。

吉田明確告訴過我「下次請由妳主動告白。」既然他一度聲明了，肯定不會推翻那種做法。

既然如此，我不行動的話，目前的關係應該就永遠不會變吧。

對此，我也有感到安心的部分。

然而經過三島那件事，我不免有了具體的想像。想像他跟別的女性交往時的情形。

想像他將視線投注在別的女性身上會是什麼情景。

我感到非常排斥。

「……真的可以嗎？」

我問道，神田便哼了哼聲。

「反正吉田又不是我的。」

「妳能夠放下這段感情了？」

「後藤小姐，愛問這種問題就是妳的缺點……」

「妳不會等我們開始交往，才來勾引吉田吧！」

聽到我用了比自己想像還大聲的音量質疑對方，神田瞪圓了眼睛。

接著，她不禁失笑。

「啊哈哈！」

「怎、怎樣啦……」

「沒事。後藤小姐，妳這個人……」

神田一邊笑得肩膀亂顫，一邊告訴我：

「真的很膽小。」

在那句話裡，彷彿蘊含著些許的親近感。

「我才不會勾引吉田啦。看妳膽小成這樣，即使我開口保證也不會信吧。」

「呃，這個嘛……」

「既然如此，妳就不必再介意什麼，採取行動就好啦。光想是沒有用的。」

神田淡然說完以後，又使壞似的笑著向我提議：

「我看，妳乾脆明天就展開行動。」

聽她那麼說，我的腦海變成一片空白。

「叫我展開行動……該怎麼做才好呢……」

「那還用問，邀他去約會不就行了？啊，要是以不讓妳再繼續拖下去的用意來想，邀他去旅行或許也不錯喔？」

「旅、旅行……？」

「對對對。比如兩天一夜的溫泉旅行怎樣？」

「咦……那樣太突然了吧……」

「可以啦！對方接到那樣的邀約，多少也會做好心理準備才對。妳乾脆連車票都先

訂好，以免又到處找退路。」

「呃，不過他要是另外有規劃……！」

「吉田放假怎麼可能有規劃！」

神田放膽講出了相當沒禮貌的話……想是這麼想，其實我也覺得「的確」，因此只好先在內心向他道歉。

「第一天，你們就去約會培養氣氛……吃頓飯、泡個溫泉……然後帶著在溫泉泡得潤澤亮麗的膚質喝個小酒。」

「唔、唔嗯……」

「然後，等彼此都微醺以後，妳就向他告白。」

「……被拒絕的話呢？」

「夠了夠了，妳不會被拒絕，不會啦。然後，你們倆就直接上床！只要木已成舟，吉田自然就是妳的了！」

「事情會那麼順利嗎……？」

「不要去想失敗時的情況！再說妳絕對不會失敗。」

神田把我說的話全都隨便打發掉，還拿出了手機。

「那就來找下次放假能住宿的旅館。」

「下、下次放假？」

「妳有什麼規劃嗎？」

「並沒有……」

「那不就得了？」

她斬釘截鐵地說完以後，就伸指點擊手機的畫面。

「要去哪裡？泡溫泉的話，可以選擇鬼怒川或草津……不對，那一帶完全沒地方逛……啊，京都不錯吧？約會不愁沒去處，也有溫泉可以泡！」

「那、那就去京都好了……」

「好耶～啊，我喜歡那裡的八橋餅，麻煩妳帶個伴手禮。」

「嗯……」

神田不由分說地將細節逐項談妥。

真是蠻橫……我如此心想，卻又覺得這大概也是她表示體貼的方式。她曉得由我來掌握步調的話，這段感情就會一拖再拖吧。如同先前說過的，她是要替我斷絕退路。

約會，還要在外過夜，跟吉田一起。

神田開心地一面將手機畫面亮給我看，一邊琢磨著要留宿的旅館。而我一面茫然地應聲，一邊神往於跟吉田出外旅行。

感覺……相當令人心動。

心跳的速度，簡直快得讓我覺得……人生中從未心動到這種地步。

結果，我跟神田的「作戰會議」持續舉行到末班車發車前夕，兩個人討論完的時候都已經喝得爛醉了。

話題在途中岔開過好幾次，一回神，我連大學時談戀愛的失敗經驗都告訴神田了。她哈哈大笑地聽著我失敗的初體驗，還莫名歡樂地說：「感覺妳男朋友好可憐～！」有人能對我長年悶在心裡的往事一笑置之，感覺挺暢快。

離開烤雞肉串店以後，我們倆連腳踏在地面的知覺都沒有，就這麼搭肩走到車站。

豁出去嘗試平時不會做的事情，當然有為我帶來亢奮感……

但是有個伴能像這樣陪我聊戀愛方面的事，也很令我開心。

「哎呀～……好期待呢。在外過夜旅行！」

「要去的又不是妳～……」

走路左搖右晃的神田心情開朗。

「之後要告訴我，妳對初體驗的感想喔～」

「白痴。那種事情，我才不會跟妳說。」

「咦～小氣！我都幫妳想策略了耶！」

「誰都想得出那些策略吧？約會、在外過夜、酒！」

「可是少了我在背後推妳一把的話，妳絕對不會嘗試吧～」

「……呃，這個嘛……是啦……」

我有點不好意思，卻還是決定坦然表達出內心的感覺。

「……謝謝妳，從背後幫忙推了我一把。」

我如此說道。而神田發出「嘿嘿嘿」的怪聲笑了笑，接著猛拍我的背。

「要謝，等妳成功以後再謝！」

話說完，神田便咧嘴露齒一笑。隨後，她換上了使壞般的臉色。

「後藤小姐，妳失敗的話，或許我就沒辦法對吉田死心了喔？請妳多多加油嘍。」

「……嗯。起碼這次，我會努力一試。」

我答道。而她瞪圓了眼睛望著我，然後「噗哈」地笑噴了。

「好有少女情懷～！」

「夠了，妳鬧過頭的話，我會生氣喔！還有這樣很難走路，別把體重靠過來！」

「咦～後藤小姐，誰教妳的身子又沉又穩。」

「妳那是什麼意思！」

我們一邊嚷嚷嬉鬧，一邊前往車站。

我滿心期待著跟吉田的約會……還在足稱「朋友」的人從私生活中消失好幾年後，又感受到友誼的可靠，就此踏上了歸途。

第3話 當機立斷

喝多了。

我應該有吃保肝藥，也喝了大量的水才就寢，起床後卻立刻感覺到仍有酒意殘留，寢室也瀰漫著一股只要酒喝多了，當天就會透過人體散發出來的酒精味。我趕緊讓室內換氣。

我一邊感覺頭腦隱隱作痛，一邊把燕麥粥灌進胃裡，然後服用頭痛藥。藥效理應要隔久一點才會出現，我卻在服藥過後頓時覺得頭痛好了些，不可思議。

我到了浴室，比平時更加仔細地清洗頭髮與身體。有一點點酒精味殘留都不成。沖完澡以後要在全身塗抹保濕霜，再用冷風吹風機吹乾頭髮。當我做起這些保養流程時，大概是藥開始生效，頭就不覺得痛了。

接著，原本因輕微宿醉造成頭痛，被我趕到思緒角落的現實便逼近而來。

今天，我要邀吉田約會。況且，還是在外過夜的約會。

昨天是被神田趕鴨子上架，後來我也變得略微急進……但是仔細想想，彼此還沒有交往就要在外過夜約會，會不會跳過太多步驟了？

吉田是個正經的男人——至少在我的認知是如此——突然邀他到外頭過夜，我覺得好像也會被他回一句「我們還沒有交往」就當場結束。

呃，不過他也在第一次約會就問了「要不要到我家」這種話。難道他想得到對方時就會那麼做嗎……？

當腦海裡盡是「邀約失敗的畫面」在打轉時，我拍了拍自己的臉頰。

「軟弱是不行的……」

沒錯，這種軟弱就是一切的元凶。

朝消極的方向去設想未來，導致自己無法動彈。至今以來我一直是如此。

我認為，當下正是我該改變的時候。

「好……要拚嘍。」

我低聲為自己打氣，並且比平時更用心地做了打扮。

＊

下班後，我邀了吉田共進晚餐。

我什麼都不表示的話，用餐地點似乎就會變成烤肉店，因此這次有先提到「今天的心情比較想靜下來吃飯」，然後才走進較具時尚感的義大利餐廳。

無論談什麼，氣氛都是很重要的。在烤肉店向對方提議出外旅行過夜，我認為那是交往滿久一段時日的情侶才會做的事情。

我點了一盤名稱取得挺時髦的肉，還逞強喝了些名稱長得難以置信的紅酒。

感覺彼此在對話中聊了許多，我卻完全不記得內容。

總之，我一邊跟他交談，一邊盤算邀他去旅行的時機。不過，果然我的模樣還是跟平時有差異，使得吉田偏了頭。

「怎麼了嗎？妳看起來好像靜不住。是不是之後有什麼行程？」

「咦？不，我根本沒有排行程啊……」

「是嗎？因為妳都在看手錶……沒事的話那就好。」

「啊，呃，啊哈哈……」

我似乎因為太焦慮，無意識間就把目光落在手錶上了。雖然我確實記得自己看了幾次手錶，但是那完全屬於無意識的舉動。

「吉田……你聽我說喔？」

我明明想自然地搭話，聲音卻變了調。

他詫異似的瞪大了眼睛。

「怎、怎麼了嗎……？妳今天果真怪怪的耶。」

「沒有，我跟平常一樣。嗯，沒什麼。我想說的不是這個。」

「什麼？」

「呃……就是……」

話說成這樣已經跟「自然」差了十萬八千里，但我認為這時候打哈哈的話，真的會讓自己一路錯失時機。

哎，硬著頭皮說吧。我抱著這樣的心態。

「那個……這次星期六日，你有沒有安排什麼活動？」

我如此問道。而吉田頓時露出傻眼的表情，隨即莞爾一笑。

「哈哈，妳覺得我有嗎？」

我不太耐煩。

「有嗎？還是沒有？」

感覺到臉開始發熱的我再次提問，吉田便冒出「噢噢……」的驚嘆聲，接著才回答：「並沒有啦……」

『呃，我覺得妳不要用問題來回答問題會比較好喔。聽了很煩。』

我想起自己被神田說過這麼一句。現在我很能體會她的心境。

說不上煩，卻令人心急。往後要記得改掉這種回話方式，我心想。

「沒有是吧？」

我強調似的問，吉田就一邊露出困惑的臉色，一邊點了頭。

「是啊……我什麼安排都沒有。所以怎麼了嗎？」

「那個……呃……」

「？」

一般而言，被意中人問到假日的安排，不是會露出有所期待的表情才對嗎？

吉田偏了頭，彷彿真的不懂我這麼問有什麼用意。

看來，我果然已經不是他的「意中人」了吧……

這樣的念頭，被我深深地藏進心坎裡。

我做了深呼吸。

「要……」

「要？」

「要不要……跟我去旅行？」

我說道。而吉田僵住了幾秒鐘，動都不動。

接著，他忽然慌張起來。

「咦……妳、妳是說旅行嗎？」

「嗯，沒錯。」

「就、就我們兩個？」

「是啊？」

「星期六日……意思是……要、要在外頭過夜嗎？」

「對。」

「咦咦……？呃，我是沒有安排活動……不過這麼突然……」

吉田明顯露出困惑的模樣。至於在困惑的後頭是否藏有喜悅，我連這都分辨不了。

「我、我想去的是京都！」

「什、什麼？」

「京都！我一直想去看看。所以嘍？念頭一來就訂了溫泉旅館。我在旅遊網站查到合適的旅館，心想：這裡不錯嘛！訂房以後卻發現價位比想像中貴。本來我以為或許溫泉旅館都是這樣的吧，收到確認郵件一看才發現自己好像弄錯訂了雙人房。好不容易訂到雙人房嘛？感覺不找個人一起去也嫌可惜，可是我又沒有能結伴旅行的朋友，平時能放鬆心情一起吃飯喝酒的對象唯有你，既然如此就只好邀你了嘛！」

「後、後藤小姐……？」

「我也覺得突然邀你去旅行似乎不太好意思，但是房間已經訂好了又有什麼辦法呢？假如你另有安排就不得已，沒有安排的話，你不覺得來一趟也無妨嗎？你想嘛，如果要買土產回來給公司裡所有人，行李會變得挺多的，有你幫忙拿可就輕鬆嘍～？」

「後藤小姐，我已經聽懂了啦。」

「所以呢，你意下如何！要來，還是不來？」

「我去，我會去的！」

「耶？」

原本一股腦地只顧自圓其說的我思緒停擺。

剛才，他答應去了嗎？

「剛才，你答應去了嗎？」

想法直接脫口而出。

「嗯……畢竟我又沒有別的安排。」

「真的嗎？」

「哎，但我們總不能住同一個房間，我會另外訂旅館啦。去程與回程，還有觀光時都可以一起行動，住宿分開來就好吧。」

「不行！不行不行不行，那樣實在對你不好意思。住宿費算我的！不然未免太浪費了吧？只要彼此多留意，住同一個房間也沒有問題啊。何況我訂到的房間還內附露天浴池，你不一起泡就浪費了吧！」

「但、但是……」

「既然我都說可以了，你也可以吧！」

靠熱情硬拗也有個限度。

吉田的目光到現在仍慌張地不停亂飄……然而，他終究點頭了。

「我明白了。既然妳這麼說……」

「真的？你願意來？」

「嗯。畢竟我也沒有什麼好拒絕的理由……」

儘管他的答覆聽起來意願不高……更重要的是，沒被拒絕已經讓我安了心。

「那我們約好嘍！」

「是、是啊……何必這麼強調……」

「呵呵，也對，你是會遵守約定的男人嘛。」

「我會的，呃……」

「我去一下洗手間喔。」

「啊，好的。請慢走。」

我從桌前離開，然後匆匆走向洗手間。

關起門，並且上鎖……

「呼～～～………」

我使勁吐氣，當場手舞足蹈鬧了一番。

全身都在發熱。從緊張解放以後，隔著胸口依然可以曉得一顆心正怦然跳個不停。

「……太好了～～………」

儘管邀約的說詞變得一點都不俐落，總之，我成功跟他約好了。

他只要答應會來，就絕對會來吧。

「之後要努力的，只剩當天……」

我一邊這麼嘀咕，一邊想像到時候的狀況……

「～～～！」

我又手舞足蹈鬧了一番。

都幾歲的人了，自己到底在鬧個什麼勁？儘管我如此心想，卻不曉得該怎樣克制這股情緒。

原來戀愛是這麼甘苦相隨的一件事，我如此體會到。

這時候，我以為自己已經克服了一個大關卡。

然而，在我跟他的故事裡……這趟旅行，不過是一個「起點」而已。

第4話　糾葛

「明明我是對授課內容有興趣才選了那堂課，教授卻真的只會照著課本念，聲音又超級小聲，連要聽清楚都很吃力！想到那堂課還要上好幾個月真的很令人無奈耶。」

「這樣啊……」

「反而是單純為了拿學分才選的課比想像中有趣！說真的，猜也猜不到會發生什麼狀況耶～下次選課乾脆全部靠直覺隨便選算了～我是有這麼想啦。」

「哦～……」

「…………你都沒在聽對吧？」

「啊？」

麻美的聲色突然改變。而我一把視線轉向她，就被銳利的目光扎中了。

「啊、啊啊……抱歉。」

如她所言，我忙著想事情，麻美剛才談論的都被我當成耳邊風了。

見我坦然道歉，麻美鼓起腮幫子。

「沒關係啦，反正這些對你來說應該都不重要吧？」

「我並沒有那麼覺得就是了……」

「可是你今天一———直都在發呆耶？」

「啊，抱歉……」

「我不是要你道歉！你在想什麼啊？我很好奇。」

麻美毫不留情地拋來視線，我不由得別開了目光。

「沒什麼，跟妳無關吧。」

「啊～！你又用那種口氣！很傷人耶！」

「倒不如說，錯在妳要挑這種時間跑來我家吧！」

我忍不住還擊。麻美撇了撇嘴。

「要說的話，我也覺得不好意思啊……但你說過我隨時想來都可以嘛。」

「哎……是那樣沒錯。對不起。」

「你不用道歉啦……反正百分之百該怪我。」

跟後藤小姐吃完飯，我回到家，就發現麻美等在門前。

記得前陣子才發生過像這樣的狀況……如此心想的我問麻美出了什麼事，果然今天她的父母似乎又大吵一架了。

她的父母一旦吵架，據說要隔相當長的時間才能化解疙瘩，往往還會因為一些小事而吵得更凶。

麻美在家裡無論做什麼都無法專注，一不小心還會被捲進爭執，因此就偷偷溜出來了。而高中生在這種時候也沒地方能夠獨自消磨時間，只好到我家。

她這麼做對我來說完全不成問題……可是，挑在今天就有點不湊巧了。

「你有什麼煩惱的話，可以說給我聽啊？」

麻美狀似擔憂地望著我。

看她露出那種表情，我就會心軟。明明對方在為我擔憂，我卻什麼都不肯說的話，總覺得很尷尬。

「哎，我遇到了不少事……」

我敷衍似的說道，於是麻美又撇了嘴，還對我稍微加重語氣。

「所以說，你是遇到了什麼事嘛！」

「呃，這個嘛……」

「假如不是難以啟齒的事，就說來聽聽啊？」

麻美沒有退讓，還一舉把臉朝我這邊湊過來。

儘管並不是難以啟齒……然而這件事，說來是有點令人害臊。

跟女大學生商量這種事，也讓我覺得不光彩。

話雖如此……

總不能在麻美來訪的期間一直發呆下去。

我終究做出了覺悟。

「今、今天呢……」

「嗯。」

「後藤小姐邀我去約會了。」

麻美聽我這麼說，眼睛一下子就睜圓了。

「真的假的？」

「而且……好、好像還會在外過夜……」

「在外過夜的約會！」

麻美幾乎蹦起身叫道：

「進度未免跳太多了嘛！」

「對吧？妳也這麼覺得吧！」

「不過那就表示她是認真的啊？」

聽麻美那麼說，我變得支支吾吾。

「……這個嘛，感覺不好說耶………」

「為什麼喜歡的人找你約會，你還擺得出那種臉啊……？」

麻美一副不敢領教似的板起臉。

「呃，可是，對方是後藤小姐耶？結果會不會都只有我在窮緊張。無疾而終以後，還要看她一臉平靜地說：『這趟旅行玩得很開心呢。』然後就沒戲了？」

「你怎麼會喜歡上那樣的人？」

「我也不知道！」

「別突然發飆啦！」

我深深地嘆氣，靠上了床鋪。

「…………而且，好像只訂了一個房間。」

「咦咦……？兩個人住一間？」

「對。」

「那樣……那樣的話……」

麻美紅著臉，低聲說道：

「肯定『有戲』的嘛……從各方面來想。」

「就是啊！」

「唔哇，嚇我一跳！」

「但是不可能會那樣啦！」

「都說你聲音太大了！」

雖然我在後藤小姐面前故作平靜，內心卻相當混亂。

後藤小姐突然邀我出外旅行過夜。而且還用心準備了讓我無法拒絕的理由。或許她以為自己瞞過去了，但我再遲鈍也聽得出那是「準備好的說詞」。

我怎麼可能不為此喜上心頭？

但是，我同時也感到不安。她邀我去旅行會不會是為了作弄人？她會不會是在把玩我的情意？我如此擔憂。

如麻美所說，我不知道為什麼會喜歡上令自己起這種疑心的對象。不過，喜歡就是喜歡啊。光是想到這段醞釀長達五年之久的感情說不定會修成正果，內心就不禁雀躍。

「所以呢，你會去嗎？」

麻美戰戰兢兢地問。

「會啊……我答應她會去了。」

「咦～！吉田仔，那就是來真的了嘛！」

麻美如此叫出聲之後，才尷尬似的「啊」地捂了嘴。

「吉、吉田先生，所以你們是認真的嘍……」

「妳別勉強自己。」

看得出她從上大學以後，就有努力設法改掉以往那種說話的口吻，對我的稱呼變成「吉田先生」，平時的口吻也逐漸變得穩重……不過，偶爾像這樣激動時便會打回原形。

「吉田先生，那對方萬一是抱著『那種意願』來邀你的，表示你也會回應她那樣的心意吧？」

麻美狀似興奮地問道。

雖然我完全沒辦法想像後藤小姐是懷著「那種意願」來邀我的……但如果真有那麼一回事——

「哎……的確會變成那樣沒錯。」

我沒有任何拒絕的理由。

我如此回答以後，麻美就笑了笑表示「就是嘛」，然後不知怎地，她消沉似的垂下了目光。

「……怎樣啦？」

我問道，麻美便無力地搖了頭。

「吉田先生，雖然我想聲援你這段感情，可是……總覺得有點感傷。」

麻美所說的話，讓我也變得不知道怎麼回應才好。

我自認能理解她的言外之意。

「……妳是指沙優吧。」

面對我的問題，麻美虛弱地點頭。

麻美與沙優交換了聯絡方式。聽說她們偶爾也會通電話……恐怕，麻美也知道沙優對我懷有身為異性的好感吧。

否則她才不會有這種反應。

「吉田先生……所以說，你對沙優都沒有任何感覺嗎？」

被對方一問，我遲疑自己該怎麼回答。

「妳說的沒感覺……是什麼意思？」

「好比說～像是可愛啊，或者喜歡之類的感覺……」

「……我是覺得她很可愛。」

我坦然回答以後，麻美就訝異似的將嘴巴半張了。

「妳是怎樣？問完還這種反應……」

「呃，因為你答得好坦率……」

「畢竟是事實啊。我從一開始就覺得她很可愛。」

「那、那麼……」

「不過，那跟戀愛是兩回事。再說，她是未成年者，我是成人。成人對未成年者出手是會構成犯罪的。」

「你們喜歡彼此的話，跟年齡就沒關——」

「我並沒有對她產生過戀愛方面的好感。」

我明講以後，麻美就難過似的沉默下來。

「對我來說，她是該保護的對象，除此之外什麼也不是。的確，沙優也為我填補了生活中的寂寞……但即使那樣，我也不曾想過要跟她變成『那種關係』。」

這是我毫無虛假的心聲。

麻美聽到我的說法，便安分地點點頭。彷彿事情也就只能如此。

「……這樣啊。」

「嗯。」

「……那就沒辦法嘍。」

麻美說著便咧嘴一笑。

「畢竟，吉田先生也有自己的感情要顧。大家都只是努力地在過自己的人生嘛。」

麻美連連點頭說道，接著又露出一抹落寞的微笑。

「……凡事總無法盡如人意呢。」

聽她這麼嘀咕，我搭不了任何話。

經過幾秒鐘的沉默，麻美猛然抬起臉，上頭已經浮現一如往常的開朗神情。

「唉！既然對方都邀你旅行了，就不要思考任何事，先去再說嘍！」

話題帶回去了。代表在她的心中，沙優的話題已經結束了吧。從中也能感覺到幾分對我的體貼，但我就不多提了。她的這份體貼……我會感激地收下。

「要我不思考任何事，說來是有困難的地方……」

「為什麼？」

「這還用問嗎！對方曾經甩掉我耶，突然接到旅行的邀請是要我抱著什麼心情跟她一起去啊？」

「可是，後藤小姐也喜歡你吧？」

「要說的話……似乎是那樣沒錯……」

之前，麻美死纏爛打地找我聊過「感情事」，我就把自己跟後藤小姐之間發生過的事大致告訴她了。當時她肯定也是想問我跟沙優的關係吧。麻美聽我談那些顯得頗訝異，彷彿沒想到除了沙優之外，我會有其他戀愛的對象。

「明明是喜歡的對象卻一點都不敢信任，也太好笑了吧。」

「她就是那樣的人啊……」

對方明明單身，卻說了「自己有男友」這樣的謊話而把我甩掉。如今還要敞開心胸信任當然是有困難的。

「不過她會邀你去旅行，感覺非同小可耶？」

「……哎，也對啦。」

「假如後藤小姐是很會到處玩的人就另當別論了。」

「白痴，她才不是那種人！」

「都說你突然發飆會嚇到人了。」

麻美嘻嘻笑了笑，然後看向我。

「無論如何，還是要去了才曉得吧！別一直猶豫，趕快下定決心啦！」

「……嗯，妳說得對。是那樣沒錯。」

如她所言，既然已經約好了，無論如何我都沒有不去的選擇。

這樣的話，我唯一該做的就只有拿出覺悟而已……

「可是……」

「唉～～！明明你幫助沙優時就很帥！」

那天我被麻美苦口婆心地一直說教到深夜。

在戀愛方面被年紀小的人念東念西實在很丟臉，當我反問她「那妳自己又怎麼樣」當成反擊後，她就翻了白眼嚷嚷：「我的事情跟目前的問題無關吧！」

麻美回去以後，我換好睡衣，即使躺上床也還是覺得睡不安穩。

跟後藤小姐旅行。

我連兩個人一起觀光都完全沒辦法好好想像，之後還說要在同一個房間過夜。

房裡甚至附設露天浴池……

「……」

泡完溫泉，就我們倆相處。

或許還會喝個酒。

醉了以後，便睡在同一個房間。

「…………」

妄想的畫面變得鮮活。突然間，幾個月前發生過的事從我腦海裡閃過。

被三島吻的那時候。

我不禁觸摸嘴唇。

到現在，我還能想起那種感覺。

柔軟的嘴唇、吐出的熱氣、舌頭交繞時的濕潤。

我使勁甩了甩頭。

三島用全力向我做了告白，還吻了我以留下痕跡。

以言語敘述只是如此。我認為自己有義務承受她的感情。

可是……可是呢……

以往，我因為跟沙優住在一起，始終都要努力排除自己體內潛伏的「性慾」。

我的「自由」時間唯有沙優假日去打工的空檔，除此以外要是克制不住那方面的慾望時，就得壓低聲音設法在浴室內處理，然後再仔細沖乾淨。那一切，都是因為我想當她的「優良保護者」。

然而，如今我連那樣的使命感都沒了，在這方面便完全沒有枷鎖。

接吻的觸感，再次於嘴唇上復甦。

「唉——！混帳！」

我把蓋被踹開，並且從床上起身。

在三島之後，又接到來自後藤小姐的邀約。這幾個月是怎麼搞的？

「啊～～……受不了……真是……」

既然拒絕了三島拚命做出的告白——

我就必須全力投注於跟後藤小姐的這段感情。像這樣努力成就自己的戀愛，我覺得是自己沒能回應三島心意所應負起的「責任跟義務」。

儘管心裡這麼想，結果目前在身體深處不停主張存在感的，仍是單純的「性慾」。

「懶得管那些了啦！」

我自顧自地大吼大叫，還一邊脫掉長褲與內褲，一邊在昏暗的房間裡打開了筆記型電腦。

多麼空虛的夜晚。

第5話　列車

結果我依舊拿不出任何覺悟，週末就這麼無情地來到了。

久違在假日早起，生疏地把所有衣服都熨過一遍，刮掉鬍子，整理好頭髮，從家裡出發。

到了二月，出門呼氣便是白茫一片。在這種季節泡溫泉想必舒服暢快，我卻完全無法想像自己跟後藤小姐旅行還能靜下心來泡溫泉。

搭電車到新幹線發車的車站這段期間，我幾乎沒有記憶。

隨著身體逐漸被運往目的地，仍然沒有半點真實感。

接下來我要跟後藤小姐在外約會過夜。

即使從字面上確認好幾次，我始終不覺得踏實。

懷著飄飄然的心境，回神後就已經抵達東京車站，還恍恍惚惚地前往碰面的地點。

我四下張望，隨即發現了後藤小姐。

我不由得倒抽一口氣。

從款式簡樸的粗呢大衣下襬，露出了白色的長裙。假日見面時她總是穿褲裝，因此看了便讓我覺得心動。

圍在脖子上的白色圍巾質料毛茸茸的，感覺相當合適，看起來彷彿襯托出了她那張擱在上頭的臉龐。

不濃也不淡的妝，突顯了她的美。

當我杵著朝後藤小姐看得入迷時，她的視線就緩緩地轉了過來。可以看見她的肩膀微微顫了一下，然後她掩飾似的和氣笑了笑。

後藤小姐快步趕來我這裡。

「早，吉田。」

「早、早安。不好意思，讓妳久等了嗎？」

我一邊說，一邊瞥向手錶，發現離約好的時間還有十五分鐘左右。

「沒有，是我來得早了點。」

後藤小姐這麼說完，隨即微微一笑。

「因為我太期待了。」

目睹那副笑容，我忍住了差點驚嘆出來的一聲「唔」。看她打扮得無懈可擊，還說出那麼可愛的話，感覺反而有礙於我的身體狀況。

「啊，給你。這是新幹線的車票。」

後藤小姐開心地從細長信封裡拿出了兩大張票遞給我。

「不好意思，什麼都讓妳包辦。」

「沒關係。反、反正我本來是打算一個人去的嘛？」

後半句話不知怎地聽得出聲音在發抖。這個人在緊要關頭時的撒謊技巧該不會很差吧？我如此心想。

「至少請讓我付新幹線的費用。」

我想拿錢包出來，後藤小姐就連忙阻止了。

「不用不用！畢竟我是想去才去的！」

「但是……」

從後藤小姐那裡聽了預定要住的旅館以後，我自己也試著搜尋過，結果發現要下場的地方是比想像中還高檔的旅館而慌了一陣。後藤小姐再三強調過「只是弄錯訂了兩人份」，都不肯讓我出旅館的費用，可是兩人份的新幹線加住宿費用得花超過兩位數的萬圓鈔是可想而知的。

「這樣未免太過意不去……」

「都說沒關係了嘛。啊，不然這樣吧！」

後藤小姐猛然抬起臉，還顯得有些雀躍地說道：

「我想讓你買便當。」

「買、買便當……？」

「對。說到搭新幹線旅行，絕對不能少了車站便當吧？我啊，還滿期待的喔。」

「是啊……確實會有那樣的印象。」

後藤小姐談到便當的眼神實在太閃亮，讓我不由得放鬆情緒。

「我明白了，那麼諸如便當一類……請把旅館外的餐費都交給我負擔。」

「呵呵，謝謝你了。我好高興。」

她一笑，瞇起的眼睛便散發出比平時更加溫婉的氣息，我不禁立刻將目光轉開。

不行，她這樣太可愛了……

我年紀也不小了，還一直小鹿亂撞。

雖然說直到昨天，我都在介意自己無法判斷後藤小姐的用意而心神不寧……但也許，我真的可以把這當成單純的約會來享受。

距離新幹線的發車時刻還剩三十分鐘左右，應該有時間讓我悠閒地買便當及飲料。

「那我們去挑便當吧？」

彷彿等不及的後藤小姐邁出腳步，我則是一邊跟隨，一邊從斜後方望著她。

看後藤小姐對旅行如此歡欣振奮，感覺好有朝氣，跟她在公司裡散發出的成熟氣息截然不同。那樣的她讓我心動不已。

旅行中要是一直都保持在這種心境該怎麼辦呢？我心想。

賣便當的區域有許多人擠成一團，收銀處也大排長龍。

我們倆配合顧客的隊伍移動，慢悠悠地望著堆積如山的各色便當。

「呃，我選這款好了。」

我拿到手裡的是以鮭魚及鮭魚卵為主菜的海鮮便當。雖然塞滿了豐富肉類的便當也相當吸引人，但我今天的心情偏好海鮮。

後藤小姐點頭附和「不錯呢」，然後又在賣場張望了幾分鐘。經過左思右想，她選的是「烤五花肉便當」。

「妳真的很喜歡烤肉耶。」

我無心地這麼說了一句，後藤小姐就臉紅瞪向我。

「有什麼關係！我現在的心情就是想吃肉啊！」

「我並沒有說這樣不好。飲料要怎麼選？果然還是……」

「非啤酒莫屬吧～……！」

「就是啊。」

我們倆對彼此笑了笑，並且各拿了一罐啤酒。

連這種無關痛癢的對話都讓人樂在其中，有種奇妙的亢奮感。

不知道是因為要出發去旅行，還是因為跟後藤小姐在一起……抑或兩者皆是。

在人潮洶湧的賣場人擠人，等到好不容易將兩人份的便當與飲料結完帳時，新幹線進站的時刻已經近了。幸好有提早抵達，如此心想的我捂了捂胸口。

或許是因為彼此都不常旅行吧，我們約碰面的時間比新幹線的搭車時刻早了十五分鐘。假如兩個人都將時間拿捏得剛剛好，或許就落得買完便當要拔腿趕車的下場了。

一邊神馳於京都，一邊在閒聊間等待新幹線，開往關西方向的列車不一會兒就停進月台。

慌慌張張地等車廂清掃完畢，門打開以後，我們匆匆前往座位。

「啊，座位在右側。太好了……」

找到訂好的座位，我開口嘀咕。後藤小姐於是不可思議地連連眨了眼睛。

「為什麼會說右側好？」

明明訂票的是後藤小姐，她卻好像不太懂意思。

往行進方向看去，我們的座位隔著走道落在右側。換句話說，就是窗口位於右邊的座位。

昨天，我姑且試著查了從關東到關西路段的景點。於是赫然發現……

「因為右側才能看見富士山……」

我一說，後藤小姐就「啊！」地出聲拍了手掌。

「原來是這樣！這麼說來，我好像都沒有從近處看過富士山。」

「我也是。難得有機會，請妳坐靠窗的位子吧。」

「可以嗎？」

「當然。後藤小姐，畢竟票是妳訂的啊。」

「那就承你美言嘍。」

後藤小姐嘻嘻笑著脫掉外衣，並且看向座位上方的行李架。

她脫下大衣以後，就能看見全白的針織衫，從領口還露出了胸前並沒有鈕扣的薄料黑襯衫。這應該是所謂的黑白穿搭吧。一身黑與白的服裝，更加烘托出後藤小姐的成熟氣息。明明如此，我卻覺得她的年齡比平時小了一點，這也是不可思議之處。

後藤小姐將大衣簡單摺好，還稍微踮腳想把那放到位於高處的行李架。兩臂抬起，衣服的料子不免就跟著伸展開來，一舉強調出她的胸型。我連忙將目光轉開，並且拿起後藤小姐腳邊的行李箱。

「這個我也幫妳放上去。」

「哎呀，謝謝你。幫了大忙。」

「哪的話，這根本不算什麼勞力。」

我一邊在嘴裡含糊答話，一邊將行李箱推到架上。

……後藤小姐的身材對男人來說「很凶暴」並不是一天兩天的事了。假如每次都要為這種事緊張，旅行中怎麼可能撐得住？

我緩緩地從鼻子呼氣以免發出聲音，並且讓後藤小姐過去靠窗的座位。我自己也將大衣脫掉，然後擱到了後藤小姐的外衣旁邊。

看她入座以後，我才坐到靠走道的位子。

「吉田，你的行李不多呢。」

後藤小姐望向我擺在腳邊的小波士頓包並說道。

「啊……因為裡面頂多只裝了替換的衣物嘛。我想長褲應該也不用換……老實說，裡面裝的行李根本沒有將這個包包的收納空間充分利用完。」

「呵呵，真像你的作風。」

雖然我不懂她是憑什麼來判斷像不像我，我卻有種深究好像會被一些話傷到的預感，便淺淺笑著什麼都沒說了。

以自然的對話流程來想，我差點衝口說出「後藤小姐妳行李好多」……卻又覺得對女性的行李置喙太不識相而作罷。

就座以後，新幹線立刻開動了。車輛剛行進不久，速度感覺仍跟普通電車差不多，

但之後便一路節節加快車速。

這時候，在我心裡才總算萌現了真實感。

目前，我正跟後藤小姐一起啟程旅行。於腦裡擬出文字後，頓時令我異樣緊張。

當我瞥向後藤小姐的瞬間，心臟立刻猛跳。

因為後藤小姐也側眼看著我。視線相接，彼此就這麼對望了幾秒鐘。

「呵呵，總覺得……有點令人心跳加速呢。」

後藤小姐害羞似的笑著這麼說，使我的心頭又猛然蹦了一下。

「是啊……畢竟……我很久沒有出門旅行了。」

「對呀。我也真的隔了好久。況且是去京都啊？上次我去京都，已經是學校旅行時的事了。」

後藤小姐開心地說完以後，就開始一根一根地扳起手指頭。接著，她露出了警醒似的表情。

「嗯…………真的，隔了好久。」

「……對啊……」

她恐怕具體算過自己從高中畢業後已經相隔幾年，不過詳情就別問了。細數也一樣免了。我自己也跟她差不多。

後藤小姐朝窗外望了一陣，然後嘀咕：

「到京都，好像兩小時就會抵達喔。」

「這麼一說，感覺還滿近的耶。」

「就是啊。明明京都給人遠在他方的印象……但只要打定主意搭新幹線，沒想到也才一轉眼工夫而已。」

後藤小姐嘻嘻晃起肩膀，並且側眼看向我。

「成為大人以後，腳步就會越來越沉重，真討厭。」

「沒錯……呃，我好像從以前就是這樣了。」

「……聽你一提，我好像也是。」

她使壞似的笑了笑，讓我也跟著笑了出來。

「欸，我們來吃便當吧。」

「啊，說得也對！馬上來。」

聽到後藤小姐說的，我打開了擺在腿上的車站便當購物袋，然後把烤五花肉便當與罐裝啤酒遞給她。

架起設置在前方座位的簡易餐桌，再把便當與啤酒放上去，這才總算有了列車旅行的情調。

我們倆興高采烈地一塊打開便當的蓋子。

成色良好的橘紅鮭魚上，盛著比想像中更多的鮭魚卵，不由分說地讓我知覺到嘴裡分泌出的唾液。說起來，這是我今天的第一餐。

後藤小姐也在旁邊望著鋪滿五花肉的便當，眼神閃閃發亮。

我們倆互使眼色，並且不分先後地拉開了罐裝啤酒的拉環。無論聽幾次，這聲音都一樣悅耳。

「那……乾杯。」

「乾杯。」

舉罐輕碰之後，彷彿等不及地先灌一口。清爽感與苦味在嘴裡擴散，繼而發著碎泡通過喉嚨，落進胃袋。從腹部可以感覺到酒精陣陣流入體內，令人莫名爽快。

「啊～……真棒……」

我忍不住咕噥。後藤小姐發出了銀鈴般的笑聲。

「啊哈哈，沒錯呢。列車旅行感覺非常棒……」

後藤小姐低吟似的如此說道，然後瞥向我。

「光是搭新幹線就這麼開心，不曉得抵達當地以後會怎麼樣呢？」

面對一邊偏頭一邊說這些的後藤小姐，我想不出巧妙的好詞來回應。

「……希、希望到了那裡也一樣開心。」

我支支吾吾地這麼回話，後藤小姐就再次欣然一笑，然後附和：「是啊。」一邊動筷享用美味的便當，一邊喝酒，並且跟後藤小姐閒聊。

起初我們還提到了工作，接著則慢慢談起了假日怎麼過、每天的睡眠時間……逐漸聊到朋友之間會有的輕鬆話題。相當愉快。

途中從窗外看見富士山，後藤小姐更是大為欣喜地嚷嚷……總之，我望著她那樣，度過了一段心滿意足的時光。

她說得有道理。光是搭新幹線就這麼開心，要是在京都觀光……還住進同一個房間過夜，不知道會變得如何？

每當車窗外的景色逐漸變得陌生，我便無法不去想像之後的旅程，內心戰戰兢兢。

而後藤小姐似乎也一樣，儘管彼此聊得開懷，我跟她之間始終瀰漫著幾分戰戰兢兢而無法靜下心的氣氛。

二小時在這種心情下真的是轉眼即逝，感覺才剛搭上新幹線……一回神，我們已經抵達京都了。

時間剛過下午一點。到旅館登記入住則是晚上七點，還有時間可以觀光。我們大概逛不了那麼多名勝，但只要細選景點還是能悠哉觀光才對。

新幹線裡很溫暖，因此一到車站就讓我對氣溫之低打了哆嗦，不過總覺得現在連這都能令我舒心。

後藤小姐把大件行李塞進京都車站的投幣寄物櫃，然後「呼」地吐了氣。

接著，她雙手扠腰，並且奮然挺胸。

「好了，那我們去觀光吧！」

那句話格外帶勁，讓我忍不住笑噴了。

「怎、怎樣嘛……」

「沒事，對不起。我剛才在想，妳好帶勁。」

「當然嘍！都已經到京都了！」

「妳有什麼想去的地方嗎？」

「這個問題問得好！」

後藤小姐作戲似的拍了手，然後大方說道：

「就去伏見稻荷大社吧！」

「咦……」

我不禁發出驚嘆聲。

「怎樣？」

後藤小姐見到我驚恐的模樣，看似感到不可思議地偏了頭。

當然，我也有查過伏見稻荷大社的資料。那是以「千本鳥居」聞名的京都觀光名勝之一。

可是……

我的視線落到了後藤小姐腳邊。

儘管並不算高，她今天穿的仍是附鞋跟的包鞋。

「……我想會走滿久的喔，沒問題嗎？」

網路上有寫到，參拜伏見稻荷大社算是與爬山稍微類似的行程。「千本鳥居」並非誇飾，參拜者真的會穿過那麼多鳥居。那要爬一段滿長的山路。

雖然我不會把這說出口……但是後藤小姐從平時就給人不常運動的印象，我不認為她穿高跟鞋還能輕快走在山路上。

然而，後藤小姐無視於我的擔心，顯得不以為意。

「不要緊！沒什麼啦，慢慢走也不會多累吧。」

「……哎，既然妳這麼說，那我們別太勉強，累了就休息吧。」

「討厭，你太操心了啦！也許先累垮的會是你喔。」

「哎，我成為上班族以後也完全沒運動，老實說是沒有自信……」

我坦然回話以後，後藤小姐就哈哈笑了出來。

「唉唷～振作點啦！走吧，拖拖拉拉的可會讓觀光時間變少喔。我們趕快去搭電車。」

話一說完，後藤小姐立刻邁步而去。

滿臉開心固然是好事，莫名帶勁的態度卻讓人有點在意……

我查了手機，發現稻荷大社似乎位於從京都車站搭電車花不了十分鐘的位置。

「快點～！」

後藤小姐開心地走在不遠的前方。

「不是走那邊，後藤小姐！」

「咦？哎呀，要搭那一線來著？」

「唉，不曉得路的話，麻煩妳別走在前頭啦……」

活力充沛的後藤小姐跟我的京都之旅，就這麼開始了。

第6話　緣

「哇，好厲害……！正殿也很雄偉呢！」

「是啊……這真壯觀……」

抵達伏見稻荷大社的參道入口，我跟後藤小姐就倒抽了一口氣。

儘管事前曾在網路看過照片，實際目睹以後仍會覺得這裡是一處有著奇妙魄力的地方。

由於適逢週末，從樓門通往正殿的路上已經遊客成排。

我們像在排隊一樣地不停緩緩前進，很快就抵達正殿了。

「要去參拜嗎？」

即使來到神社觀光，聽說還是有一定數量的人不會參拜神明。他們好像單純只是想享受現場的氣氛。

我本身對參拜這項行為放的感情並不深，因此就打算配合後藤小姐的意願才問了她一句……

「這是什麼話?當然要啊。」

得到的答覆卻略顯強硬。

我只好一面苦笑,一面回答:「也對。」

我們排進通往正殿的長龍之中。遊客這麼多恐怕要等很久吧……我本來是這麼想的,不過每個人各自參拜的時間並沒有多長,因此人流意外順暢。

「總覺得好像新年參拜呢。」

我聽見後藤小姐嘀咕,因而「咦……」地變得語塞。

後藤小姐或許是對我的反應感到好奇,視線跟著轉了過來。

「咦,我講了什麼不得體的話嗎?」

「啊,沒有……」

我一邊感到有些害臊,一邊答道:

「這麼說來,我想到自己從離開老家以後……都沒有在新年參拜了。」

「咦?是喔?」

「表示後藤小姐都有參拜嘍?」

「嗯,是啊……雖然說我都一個人去……」

有一種好似察覺到彼此文化差異的尷尬感。

不過，倒也沒有哪一邊才奇怪的問題。

「也許是我太懶得出門。即使聽妳說這樣的大隊人龍像新年參拜一樣，也完全反應不過來，顯得有點糊塗。」

「不會不會，既然你沒有去參拜的習慣，自然就聽不懂吧。」

「該怎麼說呢，我住在老家時……也只有跟家人去參拜過地方上的小神社，並沒有擁擠成這樣。」

「啊，原來如此……這樣啊。」

後藤小姐會了意似的點點頭。

「我的老家也在東京都心……所以每次過年都會去滿大的神社參拜。後來我成了社會人，開始獨居，結果也還是住在東京。」

「原來如此啊，原來如此……」

「咦，吉田，你也是東京出身的吧？」

「即使都稱為東京，我住的比較偏西邊。那邊就全是民宅與自然環境了。」

「……的確，是有那樣的印象。」

後藤小姐嘻嘻笑了出來。

隨著話題意外聊開，很快就輪到我們了。

打開零錢包，因為裡面沒有在這種時候常說能討個好兆頭的「五圓硬幣」，我就掏了眼裡乍見的五百圓硬幣，然後扔進賽錢箱。面額大應該沒什麼不好吧。看後藤小姐同樣拿了零錢扔進賽錢箱，我便遵循二禮二拍手的作法，然後閉上眼睛。

……儘管如此——

我發現自己好像沒有什麼要祈求的願望。話雖這麼說，光是閉眼都不祈求感覺也說不過去……

『願這趟旅行能快樂結束。』

於是，我祈求了忽然想到的願望。

最後再鞠躬行一次禮，並且睜開眼睛。

後藤小姐在旁邊仍緊閉眼睛，將雙手合十。

她好像虔誠地祈求著什麼……我卻有一點好奇，她這是在祈求什麼。

假如……假如說呢——

如果她是在祈求跟我之間的關係……

當我思索起這種事情時，後藤小姐瞬間睜開了眼睛。

接著，她的視線驀地轉了過來。

「啊！抱歉，是不是讓你久等了？」

「呃，不會，完全沒有！我也才剛拜完而已。」

「是嗎？那就好。」

後藤小姐笑吟吟地退到旁邊，我急忙跟過去。

……剛才，我那是什麼孩子氣的念頭啊？令人害臊。

基本上，我並不相信神明。我無意高聲主張：「世上根本沒有神！」卻也不認為神是存在的。斟酌起來就是如此。

這樣的我，偏偏祈求了「願這趟旅行能快樂結束」這種便宜自己的願望，還去臆測後藤小姐祈求的內容，當中有何意義可言？

窺見自己孩子氣的部分，使我獨自陷入了尷尬的心境。

「你祈求了什麼呢？」

忽然被後藤小姐一問，我緊張起來。

「啊，呃……身、身體健康之類的。」

我迫不得已地這麼回答，後藤小姐就笑出聲音了。

「啊哈哈！吉田，真符合你給人的感覺。」

「這話是什麼意思啊……」

「就跟字面上的意思一樣。」

我知道自己明顯遭到了戲弄。剛才我答得很無趣是沒錯，惹來訕笑就難為情了。

「說到這個，後藤小姐妳祈求了什麼……？」

單方面被戲弄讓我不甘心，反問回去以後，卻發現後藤小姐一瞬間露出了詫愕似的表情……隨後，她又擺回平時的從容模樣。

「呵呵呵……祕密。」

後藤小姐用了彷彿能在語尾看見愛心符號的聲調這麼說道，還在嘴唇前豎起食指。

「……」

我緊緊將嘴巴閉成一線，並且不自覺地別開了臉孔。

今天的後藤小姐莫名活潑。該怎麼說呢？感覺就像個「女孩子」一樣，所以我完全忘記了……這個人擺出像這樣的姿態，破壞力是相當驚人的。

提出的問題被她用這種方式打迷糊仗，我便沒辦法再說什麼。感覺真狡猾。

「那麼，我們去千本鳥居那邊吧。穿過那裡以後好像有奧社喔。」

「啊……奧社？」

「怎麼了嗎？」

奧社這個詞，讓後藤小姐敏感地起了反應。

「呃，吉田……在奧社有那個，對吧？」

「那個？」

「嗯，我是指……」

後藤小姐的目光莫名扭捏地在我跟地面之間來回了好幾次。接著，她緩緩地說：

「那裡有類似……讓信徒求良緣的地點？」

我的思緒隨之停擺。

求良緣。

這個詞聽起來格外鮮明入耳。

「求、求良緣是嗎……」

「沒錯！既然難得來到這裡，我覺得有福氣能沾最好就要沾過再走！」

「原來如此……？」

我含糊地附和。

在跟意中人單獨出來旅行的狀況下，還提到「求良緣」固然是讓我不小心反應過度了……不過，更重要的是——

「後藤小姐……原來妳對那樣的信仰有興趣。」

率直的感想從我口中冒出。

我所說的話讓後藤小姐瞪圓了眼睛。然後，只見她的臉逐漸變紅。

「有……有啊！沒什麼不好吧！」

「呃，我並沒有說這樣好或不好，而是覺得有點意外。」

「有什麼好意外？到這個年紀還沒交男朋友，也會想依靠神明求良緣啊！」

後藤小姐彷彿自暴自棄地如此說道。聽了那些話，我只能露出苦笑。

同時我也覺得……

當初答應跟我交往就好了啊……我並不是沒有這種想法。

我跟後藤小姐早就確認過彼此是情投意合的了。

面對我拚命的告白，後藤小姐無法下定決心，於是撒謊予以拒絕。明明如此，之後她又表示自己是喜歡我的，所以我氣惱的情緒，跟高興的情緒是不相上下的。

因此，我對她明言宣布「下次請由妳主動告白」，後來我這邊就一直按兵不動。

老實講，很令人焦急。

我現在就想立刻告白，然後確認她的心意。

然而那樣的話，一度跟她劃清界線就沒有意義了。

要是她又說「現在不是時候」而繼續跟我拖，我的這段感情連要結束都沒有辦法。

我非得跟後藤小姐進一步深交，讓她喜歡上我這個人才行。

所以……在我的心裡，自然會期盼這趟旅行對她來說，最好是「下定決心之後的產物」。倘若並非如此，就會令人失望，所以同時也有一股自制心在叫我別期待過頭。

明明是這樣的。

但求良緣這個詞浮現在眼前的話，我難免還是會期待啊。

我一邊懷著鬱鬱寡歡的心情，一邊努力留意不把那表現在臉上。

離開正殿時，總覺得心裡還很煩躁，但是走在千本鳥居的路途中，那種情緒就慢慢沖淡了。

因為那幕光景實在太神祕了。

「……好美。」

走在旁邊的後藤小姐這麼咕噥。我聽了也默默點頭。

在正殿就折返的人似乎為數不少，千本鳥居的山路跟先前相比已經變得人影稀疏。如此一來，森林的靜謐便獲得突顯，與冬天的冰冷空氣相輔相成，令人感受到十分神聖的氣息。

「幾小時前，我們明明還在東京呢。」

「……就是啊。」

我很能理解後藤小姐想表達的意思。

光是在新幹線上搖搖晃晃幾小時，感覺簡直像來到了異世界。既然能夠體驗到這種

不同於日常生活的爽快滋味，我覺得旅行這回事也還不賴。

猛一看，鳥居的柱子上都個別刻著公司名稱或個人的姓名，大概是捐款設立鳥居的團體或人名吧。看到那些，總覺得有種不可思議的心境。

連這般遙遠的土地也有人類生息於此，感覺就像一口氣見識到了其長年來的積累。這裡是遠在我出生以前就聚集了眾人信仰的神社，此刻我所走的石砌步道、林立成排的鳥居，甚至是生長於周圍的樹木，長期以來都與這塊土地的人們同在。

這麼一想，便覺得自己的存在格外渺小。儘管也說不出所以然來，卻讓我產生一種飄然的心境。

走在千本鳥居這段路的期間，我與後藤小姐都只顧陶醉地放眼四周，並沒有較長的對話。我們倆都不會對此覺得尷尬，因為眼前的景色就是這麼地令人醉心。

「啊……好像已經到奧社了。」

走了十幾分鐘之後，後藤小姐狀似有些捨不得地如此說道。

在她的視線前方，鳥居就此中斷，還看得見人群。縱使聲音被山吸收，那樣的喧鬧依舊有些許傳到了我們這裡。

看見人影之後，不一會兒我們已經穿過千本鳥居，並抵達奧社。

後藤小姐「呼～」地吐出氣息。雖然模樣略顯疲倦，眼神有些燦爛的她仍左顧右盼環顧了四周。

「啊！好像在那邊！」

我跟到匆匆走去的後藤小姐後面。

通過奉拜所，並且往裡頭前進，就能看見有一小群人。仔細端詳，男女好像是分開排隊的。

「吉田，據說這叫重輕石。」

「重輕石？」

「對！你看，那些男女生現在把石頭捧起來了吧。」

朝著後藤小姐所指的方向凝目看去，便看到有貌似情侶的年輕男女站在兩座石燈籠前面，還各自捧起了供奉於燈籠上的石頭。男生這邊有餘裕露出笑容，女生卻很吃力。看來那似乎比外觀所見的更重。

「妳說的求良緣，就是在那邊求嗎？」

我自認也有查過伏見稻荷大社的資料，然而大概是研讀得不夠，或者是我刻意迴避了「求良緣」一詞……總之，我對那所謂的「重輕石」並沒有印象。

「沒錯！捧起那顆石頭以後，要是比『想像中』還輕，據說就會心想事成。」

「比想像中重的話呢？」

「……願望似乎就無法實現。」

「真無情……」

我一面露出苦笑，一面跟著後藤小姐排進了隊伍當中。

剛才捧起石頭的女生幾乎快哭了，還嘀咕：「那太重了吧。」男生則開口安慰她說：「好啦好啦，討個吉利而已。」感情似乎滿和睦，場面溫馨。

我瞥向後藤小姐，就發現她帶著難以言喻的表情在看同一對情侶。

等待片刻，很快就輪到我們了。

「好，吉田，我們來試！」

「喔……咦咦？我也要跟著捧嗎？」

後藤小姐簡直急得像是要叫我「一起捧石頭」，因此我揮了揮雙手。

「當然要啊！」

後藤小姐激動地說道……我的腦海裡卻閃過了剛才那對情侶。

「呃，話說……這不是要跟自己想結緣的對象一起試的嗎？」

我如此提問，後藤小姐頓時無言以對似的將嘴巴半張。

「……沒、沒關係！反正類似於討吉利嘛！」

她紅著臉這麼說，還逼我站到其中一邊的燈籠前面。

……胸口，正在心跳加速。

她要我站在這裡，會是那個意思嗎？

我可以……當成是那個意思嗎！

「吉田，那我要開始嘍！」

「好、好的……」

「捧～！」

我配合後藤小姐的聲音，用雙手捧起石頭。

「哦……」

的確，手感有點沉。感覺明顯比五公斤的米袋還要重。

然而……我設想過這是相當重的東西才使勁的，因此滿輕鬆就把石頭捧起來了。

這……大概算是「比想像中要輕」吧。

我忽地好奇看向後藤小姐那邊。

「……好、好重…………！」

她把心裡的感覺說出口了。

如字面所示，後藤小姐用兩手抓著石頭，根本連捧都捧不起來。

「……很重對吧。」

我忍著笑意開口，後藤小姐就一臉欲哭無淚地看了過來。

「……～～～！」

看後藤小姐由衷不甘心似的出聲使勁，我終於笑噴了。

「哈哈哈！」

「你別笑啦！我可是很拚命的！」

「捧不起來的話何必勉強呢？」

「誰教我沒想到居然會這麼重……！」

「這類似於討吉利吧？妳不用那麼介意啊。走吧，後面還有人在排隊喔。」

我把視線轉向後面排隊的情侶，就發現他們看後藤小姐這樣，也當場嘻嘻笑了出來。後藤小姐似乎察覺到了，這才滿臉通紅地從石頭放開雙手。

接著，她悍然瞪向我這邊。

「……走了啦。」

「也對。我們走吧。」

後來，後藤小姐有幾分鐘都不肯跟我說話。

後藤小姐鬧起脾氣，我們默默地在盡是鳥居的山路上走了一陣。

默默走在路上，難免會發現一件事。

那就是……跟先前相比，山路的坡度變得越來越陡了。

果然從平時就該多運動的，我心想。

我配合後藤小姐的腳步，自認已經走得相當悠閒，卻還是稍微喘了起來。

而且，我的呼吸會喘，當然就表示……

「……呼………呼……」

旁邊的後藤小姐，臉上也失去餘裕了。

即使撇開基礎體力不談，後藤小姐還穿了附鞋跟的包鞋，走路應該比我更不便。

「坡道，爬起來滿吃力的耶。」

捧過重輕石之後，我一直都識相地沒開口……但現在感覺是該搭話了。

我一說，後藤小姐就略顯尷尬地將視線左右游移，然後附和：

「是啊……沒想到坡度會變得這麼陡。」

話說完，後藤小姐困擾似的笑了笑。

「我該從平常就養成運動的習慣才對……」

「哈哈，我想了跟妳一樣的事。」

了。

雖說是苦笑，能看後藤小姐露出笑容仍讓我安了心。

我也知道就是了，她應該只是作勢鬧脾氣，並沒有真的生氣。呃，真生氣就傷腦筋

因為我們倆都沉默下來，感覺她是在煩惱開口的時機。

「再走一小段似乎就會到名叫熊鷹社的地方。我們在那裡休息一下吧。」

「不用，我不要緊。只是呼吸急促了一點。」

「是這樣嗎？鞋子還好嗎？有沒有磨腳之類的狀況？」

「呵呵，謝謝你。沒事喔。」

後藤小姐羞澀似的笑了笑，並且看向腳邊。

「早知道要走這麼遠，我應該換一雙比較好走的鞋子才對。」

「所以我之前不就說過，感覺會走滿久的喔……」

「嗯，也……也對呢。不過……你看嘛，我就是想來這裡。何況……」

說到這裡，她把話打住，並且往上瞟向我。

「難得出來旅行，打扮也是不可少的啊？」

「……是、是這樣嗎？」

「是啊。」

被她用那種表情一說，我便不知道如何回話。

對後藤小姐而言，跟我出來旅行是「應該整裝打扮面對的事情」，感覺那句話裡含有如此的意涵。那令我十分高興……果然，她是「懷著那種意思」跟我來旅行的嗎？疑問在我心裡正逐漸膨脹。

先不提是否有男歡女愛之意，難道她願意跟我有多一點的關係進展？

如果是這樣，總覺得百折不撓地持續等待便有了價值。

當我思索這些時，表情似乎就放鬆了。

「怎麼了嗎？看你笑吟吟的。」

突然被後藤小姐這麼問，我內心慌得厲害。

「咦，我才沒有笑吟吟的……」

「有喔。你在想什麼？」

「呃，我就說沒有了啊。」

「你有啦！這沒什麼好隱瞞的吧——啊。」

話說到一半，後藤小姐的鞋跟絆住了，卡在地面鋪滿的石頭縫隙。

「危險——！」

後藤小姐一急之下抓住我的左手。她的體重一舉湊過來，使得我屈膝站定腳步。我

連忙用右手抓住了後藤小姐的肩膀，並把她扶穩。

幸好我就走在前面不遠處，才成功扶到了後藤小姐而沒有讓她跌倒。

「對、對不起……！」

「沒關係。妳可以慢慢來。」

我用左手拉起差點跌倒的後藤小姐，讓她站穩。

我們相望了幾秒……

「啊。」

「啊。」

彼此同時驚覺地放了手。

摸過後藤小姐那柔軟滑嫩的手以後，觸感還留在左掌。

「我、我走路會多留意腳邊……」

「是啊，那樣才好。」

彼此的氣氛變得有些生澀，只好互相陪笑掩飾。真是奇妙的感覺。

我與後藤小姐又繼續走在山路上。

帶有緊張感的沉默持續了一陣。

跟她鬧脾氣時別有不同，「不知道接著該怎麼開口才好」的感覺，讓我心生遲疑。

心頭跳得格外地快。

以往我光是跟後藤小姐一起吃飯或交談，好像也都會緊張……但現在這種感覺完全不能比。

心跳猛烈的程度，甚至真的讓胸口在物理上感覺到會痛。

說真的，上一次有這種感覺……我想是高中時的事了。

跟神田學姊交往的時候，光是她在身邊，我就一直覺得緊張。她總會不經意地跟我做身體接觸，每次我都覺得心臟快要從嘴裡蹦出來。

儘管交往幾個月以後，我還是逐漸習慣了，不過那只是「習慣於緊張」，並不代表我「變得不會緊張」。

跟學姊一起待在房間裡，我的情緒就忍也忍不住。每次她將身體貼過來撒嬌，我都會亢奮得像是第一次被人觸摸身體那樣。

當時我戀愛了，無庸置疑。

而且……在這當下，我也無法自拔地戀愛著。

我感到焦急。

我希望立刻告白，只要後藤小姐肯接受，我就可以跟她手牽手走在一起。

明明我剛才一直震懾於這個地方的神祕氣息，如今心裡卻盡想著走在旁邊的女性。

「呃……吉田。」

當我自顧自地把情緒悶在心裡時，後藤小姐突然開了口。

「什麼事？」

我的聲音不禁走調。

後藤小姐看我慌成這樣，就嘻嘻笑了笑。然而那副表情卻稍縱即逝。

她隨即遲疑似的將視線轉來轉去。怎麼了嗎？當我如此心想時，她的臉漸漸紅了。

「呃……那個……」

「？」

據實而言，後藤小姐看起來顯得扭扭捏捏。

她好像糾結了片刻，接著，才忽然用右手緊緊地牽了我的左手。

心臟隨之一蹦。

「要、要是又跌倒就不好了……可不可以，讓我牽你的手？」

「……！……！」

我連連張口閉口，半句話都說不出。

後藤小姐不安地望著這樣的我，並且偏過頭。

「……不行嗎？」

「並……不會，我不介意！」

我總算從喉嚨裡擠出了聲音。

腦裡妄想的事情自然而然地發生，我掩飾不了內心的動搖。

然而，後藤小姐無視於那樣的我，還安心似的露出了微笑。

「真的嗎？太好了。」

那副笑容實在太過耀眼。

我一急之下緊緊握了她的手。而後藤小姐彷彿在回應我，也跟著使勁一握。

光是這樣，我的心跳就變得好似急撞鐘。

「我、我想之後還需要走一段路！小心腳邊，繼續前進吧……！」

儘管回話的音調變高，我卻無暇在意。現在要我一聲不吭還比較難。

「好的。呵呵……」

後藤小姐有些樂在其中似的笑了笑，並且側眼看向我。

「吉田……你的手好大，而且很溫暖呢。」

「會……會嗎？」

我設法回話，意識卻都專注於跟她牽著的手上。

後藤小姐的手是涼的，可是既柔軟又光滑，總覺得跟我屬於不一樣的生物。

「我都不記得上次跟人牽手，是幾年前的事了……」

後藤小姐發出這樣的嘀咕。

「上次……我像這樣跟人牽手，也已經是讀高中時的事了。」

我自然而然地這麼回答。亢奮的感覺跟當時一樣。

而且，我同時也想起去年夏天。

那是跟沙優一起去夏季祭典的時候。為了避免在人潮中走散，沙優握了我的手腕。她的手既小又溫暖。這麼說來，當時我也有一瞬間心跳加速，感覺很懷念。

我在想，跟異性接觸，或許是無論到了幾歲都會讓人覺得特別而怦然心動的行為。那時候，我曾因為對沙優產生那種情感而覺得自己不爭氣……像這樣重新與「意中人」牽手以後，才轉而認為那是不可抗力的。

因為目前在我胸口產生的「心動感」，跟當時是無法比的。

跟沙優去夏季祭典那件事……在她離開東京以後，我也回想過好幾次。因為我認為當時的自己，明顯是「不對勁」的。

我把穿上浴衣的沙優當成了迷人的女性，被那樣的她握住手腕，還讓我大感心動。到最後，我甚至還問了「妳真的要回去嗎？」這種基於自己立場絕對不該說出口的話。關於其中的意義，我思考過好幾次。

然而，那些煩惱，感覺在當下一口氣獲得了解決。

那時候，原本都把沙優「當成小丫頭」的我，認同她是一名女性了。如此而已。

當時那一瞬間的心悸，還有動搖，都與此刻感受到的完全不同。

我了解到，自己當時對沙優懷抱的情感並不是「戀愛」……因而覺得相當安心。

後藤小姐緊緊握起我的手。

「你說讀高中時……是指跟神田嗎？」

意外的名字冒了出來，我慌張看向後藤小姐。

「妳……妳聽說了？」

「是的，因為我最近跟她很要好。」

「啊……這麼說來，妳們偶爾會一起從辦公室離開。」

「嗯。我們偶爾會一起喝酒。」

「原來如此……」

跟三島發生狀況的那段時期，神田學姊曾拉著後藤小姐，硬是舉辦了由我們四人一起參加的酒局。

之後，跟我們分開的那兩個人說過「要去續攤」就走了，沒想到後來彼此交情居然要好到連那麼隱私的事情都會分享。

既然後藤小姐聽當事人提過，我再隱瞞也沒用吧。

「哎……沒有錯。我的交往經驗，說起來就只有跟神田學姊。」

「喔……」

後藤小姐將眼睛緊緊瞇細。

「你們會常常牽手嗎？」

「還、還好……走在一起時大多會。」

「哦～……總覺得無法想像呢。」

後藤小姐感慨地這麼嘀咕。

我想也是。跟後藤小姐認識以後，連我都能發現自己是個「工作狂」。如果她能具體想像那樣的我跟別人牽手要好地走在一起，才是不自然的吧。

「畢竟像這樣實際牽了以後，我還是覺得輕飄飄的。」

「咦？」

一回神，後藤小姐的手沾上我的體溫，已經不冷了。

「跟你牽手，有種不可思議的感覺。明明有觸感，卻覺得不像真的。」

「會嗎……呃……或許是這樣呢。」

「呵呵，對吧？」

後藤小姐嘻嘻笑了笑，然後不發一語地看向我。看得出她的臉頰有點紅。

不知道後藤小姐跟我牽手，是不是也會覺得心動？

表示這種夢一般的感覺，於此時此刻，我們倆是一同共有的嗎？

當我思索這些時，話語就自然地脫口而出了。

「那個……我一直都覺得在意。」

後藤小姐用視線扎向我的臉。不知道為什麼，我沒辦法跟她對上目光。我依然面向前方，並且說道：

「這……是不是……可以當成約會呢？」

終於，我問出口了。

這是我從一開始就在意的事。她是抱著什麼想法，邀我來這趟旅行的？我一直想要了解。因為我明白問了就無法回頭，便一直不敢將疑問化為言語……如此說出口以後，卻有種莫名爽快的心境，甚至覺得答案是什麼都已經無所謂了。

聽得見後藤小姐吸氣的聲音。

幾秒的沉默。隨後——

「我……就是那麼想，才邀了你啊……」

不知為何，後藤小姐是用敬語回答的。

我忍不住瞥向後藤小姐，發現她正用不安的表情看著我。

我一口氣放鬆了。有股念頭差點讓我當場蹲下來，我拚命忍住。

「唉……這樣啊。」

「咦？怎樣，你那是什麼反應！」

「呃……我有了相當安心的感覺。」

我一說，後藤小姐又深深地吸氣。

「因為只有我當成約會的話，感覺會很難過。」

我把想法直接說出口以後，只見後藤小姐的臉色逐漸變得開朗。

「是嗎……是嗎？是嗎！」

後藤小姐像花朵綻放一樣地露出微笑。

「呵呵。原來我們想的都一樣。」

「好像是呢……啊哈哈。」

我們倆朝彼此嘻嘻笑了出來……並且手牽手走著。

沉默的時間持續了一陣……奇妙的是，我不覺得難熬。

總之，得知後藤小姐總算將心意定下來了，我好高興。我一邊走路一邊留意，以免自己因為沖昏頭而將步幅拉得太大。

光是得知她的心意，我對之後的不安便一舉消散，我有這樣的感覺。現在，我覺得總算可以坦然享受這趟旅行了。

原本流動於彼此之間的奇妙緊張感也逐漸紓緩，我們倆在途中一面穿插休息，一面開心地遊賞了伏見稻荷大社。

在接近山頂的咖啡廳，後藤小姐點了溫熱的焙茶，我因為稀奇就點了「涼糖水」，還跟她互相交換著喝。寒冬在山上喝冷飲讓身體冷得不得了，我卻覺得莫名燥熱的身體似乎藉此冷靜了。舌頭上黏膩的甜味也因為剛運動過，或者是心境十分甜蜜的關係，沒有令人不快的感覺。

從咖啡廳的所在地會遇到岔路，但我們知道繞一圈就能回到原本的地方，便繼續手牽手悠哉地走著。

雖說有做好心理準備，但被迫走了超越想像的漫長路途，我也覺得腳底很痛。我屢屢關心後藤小姐的腿有多疲憊，她卻回答：「累歸累，但是不要緊。」還始終都一副開心的模樣，因此我信任她所說的話，只管繼續走。

我們一邊閒聊，一邊在路途中隨興試數鳥居的數目，於是轉眼間就回到伏見稻荷大社的入口了。

熱烈談起「景色實在動人」的我們搭上電車，並且準時照預定到了後藤小姐訂好的

旅館登記入住。

有女侍領著我們到房間，還在客房裡幫忙說明關於住宿的各種細節。我們倆點著頭聽女侍說明完從房間離開……然後，終於變成了孤男寡女共處一室的狀況。

在京都旅行曾讓我樂昏了頭……來到這裡，緊張感卻又隨之復甦。

對，我現在知道後藤小姐是「懷著約會的意思」帶我來旅行的了。然而，在這之後將發生重要的事情。

因為我明確宣言過。「下次請由妳主動告白」，我是這麼說的。

表示只要她有心，或許今天就會是那個日子。

想到這裡，我便覺得坐立不安。

之後，我到底能不能保持平常心？

「呼～腿累壞了！好久沒有這麼遠的路。」

「是啊……我的腳底也痛得厲害。」

「就是嘛！要靠溫泉療癒才行。」

後藤小姐玩鬧似的在榻榻米上將腿伸展開來。

她看起來似乎仍未拋開旅行的情緒，我卻懸著一顆心。視線不由得亂飄。

只見後藤小姐順勢起身，開始在房內四處漫遊。

位於和室旁邊的門被她推開，雅致的盥洗處隨即映入眼簾。

後藤小姐望著位於我視線死角的方向，還發出開朗的聲音。

「啊！」

「真的有附露天浴池！吉田，你也來看嘛！」

她的興致可高昂了。

被對方激動地像這樣招手，我便起身走向了盥洗處。

在後藤小姐所指的方向，有玻璃隔間的淋浴間，再過去還有另一道門。

而在門後頭，有素材狀似黑而堅固——遠遠看去認不出是什麼材質，卻獨具高級感——的洗澡桶。桶旁邊有木製的溫泉出水口。應該是從溫泉源頭直接導流而來的吧。

我並非對那種特別感毫無興奮之情，然而更令我在意的是，只要走進裡頭一律都會「看光光」。

都還沒有做好心理準備就看到這種畫面，要是胡思亂想的話好像會讓人失去理性。基本上，我們在今天內會進展到共浴那一步嗎？

假設沒有進展到那樣，我們就各自利用客房裡的露天浴池好了。如果後藤小姐洗到一半，我想上廁所的話要怎麼辦？

廁所出入口位於盥洗處內。我總不能在淋浴間及浴池都如此一覽無遺的盥洗處進出

走動。看是要憋著，要不然就得到大廳附設的廁所方便……

現在思考這些也沒用，卻又不能不思考的我正讓腦袋直打轉。

「吉田？你怎麼了？身體不舒服嗎？」

「咦？沒有，沒那回事！」

我在無意識之間已經冷汗狂流，焦慮似乎也表現在臉上。我連忙笑著掩飾。

「好、好厲害……房間裡真的有附露天浴池。」

「對啊！當然我訂房時就曉得了，不過像這樣看到實景難免還是會覺得開心。」

後藤小姐無視於內心焦慮不已的我，還純真地嚷嚷著。

……難道只有我會像這樣處處介意嗎？

即使我偷看後藤小姐的表情，到底還是無法看透她的心思。

「那麼，離晚餐好像還有一個小時……」

後藤小姐彷彿忘了腿的疲勞，並且狀似活潑地說：

「先去大浴堂看看怎麼樣？吉田，你覺得呢？」

一個人悶在房間裡也不是辦法。我跟著點了點頭。

「難得有機會，我同樣想去那裡洗個澡。畢竟腿也累了。」

「對嘛。就這麼辦！」

後藤小姐開心地趕到脫鞋處旁邊的衣櫥那裡，從中拿出了兩套館內服。女性的款式是浴衣，男性則是長袖甚平。

我從後藤小姐那裡將甚平接到手中。

「浴袍在更衣間，所以說不用從房間帶過去吧。」

「嗯，記得旅館的人有提到。」

老實說，因為我太過心神不寧，女侍做的說明幾乎都成了耳邊風……不過印象中她似乎提過那一點。

「那麼，我們馬上去吧！」

後藤小姐說著就急著走向脫鞋處，結果——

「啊……」

她看著館內提供的鞋子，微微嘆了一聲。

「怎麼了嗎？」

我湊到她身旁一同看向鞋子，發現那是尺寸略大的木屐。雖然有幾種尺寸可選，從後藤小姐的腳的尺寸來想，當中最小的那雙穿起來似乎還是大了點。

「是不是尺寸不合？」

「啊，沒有……不是那樣的。」

這時候，後藤小姐露出了有些扭捏的舉止。

怎麼回事？我如此心想。

「等、等我一下喔……」

後藤小姐這麼交代以後，就匆匆進去盥洗處。她還不忘將門關上，頭頂冒出問號的我因而杵在脫鞋處。

她該不會是內急吧？

當我如此思索時，盥洗處的門立刻開了。

疑問隨即獲得解決。

她脫掉了直到剛才還穿著的褲襪，並且拿在手裡。我的心頭猛然一跳。

她穿的裙子下襬偏長，明明並不算多暴露，單純窺見之前沒有露出的肌膚竟也讓我像這樣心跳加速。

後藤小姐把那收進行李箱，然後呼了一口氣。

「因為穿著褲襪的話，木屐就沒辦法合腳……」

「原、原來如此……」

她一邊微微紅著臉，一邊辯解似的這麼告訴我，因此我也變得怪難為情，還互相將目光轉開點了點頭。

「吉田，那我們走吧。」

「好的。」

我們倆都帶著房間的門禁卡，從客房離開。整棟旅館都屬於和風，但房間的門鎖是自動鎖，解鎖都要用門禁卡，所以總覺得更有來到高級旅館的體悟。

搭乘電梯，來到大浴堂所在的二樓。

由此到浴堂的短暫期間，又有好幾對剛洗完澡的年輕情侶跟我們錯身而過。

「……情侶果然很多。」

我無心間冒出這樣的感想，就聽見了後藤小姐在一旁的吸氣聲。

咦——我疑惑地轉向她那邊。

「……是、是啊………」

後藤小姐狀似尷尬地紅著臉把臉轉開了。

「啊…………」

我也不禁微微嘆了一聲，並且情何以堪地別開目光。

畢竟……我們也是孤男寡女地來到這間旅館。

在旁人眼中，大有可能也是把我們視為一對情侶。

是我發言太不小心了……當我正感到後悔時，我們已經抵達大浴堂的入口。

入口分成兩側，各自掛著單純寫了「男」、「女」的門簾。典型的「溫泉鄉情調」讓我忍不住「噢噢……」地發出感嘆。

「那、那麼……我們一小時後見。」

「啊，好的……！之後見。」

我與後藤小姐依然帶著有所隔閡的氣氛，就這樣分開了。

從抵達旅館以後，我一直都在緊張，因此落單後便放鬆了。

走進更衣間，硫磺的獨特氣味隨之撲鼻。終於來到溫泉鄉的感受因而加深。

裡面提供的置物櫃數量遠比想像中多，或許浴堂的規模也比想像中還大……我滿懷如此期待，急著脫掉了衣服。

在這趟旅行中，我的心情就像搭雲霄飛車一樣。才剛為了後藤小姐緊張東緊張西、煩憂這煩憂那，沒多久又對優美景色或溫泉滿心雀躍。

我想起在走廊遇到好幾次的那些年輕情侶。假如像他們那樣，在心意相通的狀態來旅行，應該可以更純粹地樂在其中吧……我一邊思索著這些。

衣服脫完，我拿著毛巾打開大浴堂的門。

「唔喔……」

我忍不住驚嘆。

大浴堂的規模正符合我從置物櫃數量推想過的，而且……壯觀程度更勝想像。浴池乍看之下至少就超過四座，有顏色混濁的池子，也有按摩池形式的池子……享受的方式似乎五花八門。

內側還看得見通往三溫暖及露天浴池的門。

設備這麼豐富，感覺一小時會在轉眼之間消磨掉。

我樂得興沖沖地前往洗浴場。

穿著衣服時並沒有多放在心上，但像這樣脫光以後，身體的黏膩感格外令人在意。

外頭天氣寒冷，因此我走在稻荷大社時完全沒有意識到，不過走了那麼久總歸是要流汗的。

在木桶裡裝滿熱水，朝身體嘩啦一潑，感覺十分舒爽暢快。

我一邊感到爽快，一邊勤洗頭與身體各處……然後匆匆地走到了寫著「藥膳湯」的浴槽前。

儘管我已經洗過身體，姑且還是再用池水潑一下自己。

從池水湧現的氣味聞起來狀似刺鼻，通過鼻腔後卻又消散迅速……不可思議。

我緩緩地將腳尖踏到池裡，然後泡進浴槽。

「呼～…………」

嘆息冒了出來。

暖意彷彿由腳尖節節擴散至全身。

腳之後是腰，腰之後是上半身……循序漸進讓身體沉入池水後，難以言喻的安心感與幸福感便逐步包裹全身。

「真棒……」

我用了不會讓任何人聽見的微小聲音這麼嘀咕。

回想起來，上次泡溫泉不知道是什麼時候？

最後一次的印象，大概是我進公司第二年，員工旅行去熱海那次。當時我遠遠看著穿浴衣的後藤小姐，內心小鹿亂撞……

我的思緒，又飄回跟後藤小姐之間的關係。

今天，是我們倆單獨出來旅行。

我可以看到她穿浴衣的模樣，而且比當時更近。先不提自己在近距離目睹那種畫面能否保持平靜，這無疑是一件可喜的事。

泡在溫暖的池水裡，想著自己意中的女性，讓我有種身體熱得過了頭的感覺。或許因為這是藥膳湯才更加感受深刻。

我想在泡昏頭之前多享受幾種浴池，因此很快就離開藥膳湯。

即使從浴槽起身，身體仍是熱呼呼的。

……既然這樣——

我快步走向通往「露天浴池」的門，並把那打開。

「唔喔，好冷……！」

依序打開兩道門來到外頭，刺膚的寒意隨之來襲。

然而，大概是因為身體深處已經暖和的關係，並不會覺得寒冷難耐。

發現大浴堂位於二樓時，我對露天浴池就沒有太高的期待……不過露天浴池的結構似乎是從建築物突出去的，地板鋪滿了光滑石材，裝潢十分豪美。浴槽則分成了溫水與熱水兩處。

我先泡了熱水，溫度比室內的浴槽高得多，發冷的身體表層在轉眼間就熱起來了。

等到臉上滿是汗珠，我便從浴槽爬出。戶外的寒冷不如剛才難受，反倒還令人覺得舒適。

我悠閒地漫步享受空氣的寒冷，然後改泡溫水。這實在是說不出的暢快。

可以感受到稍微受寒的身體再度暖活起來。

冬季的晚上九點，天色已經完全入夜。今天天氣晴朗，夜空有星辰閃爍。

我一邊被浴池水面蒸散的裊裊熱氣包裹著，一邊仰望星空，便感覺到身與心都逐漸放鬆。

偶爾像這樣也不錯，我心想。

跟後藤小姐出來旅行，一路遇上了許多既開心又緊張的場面……直至此刻，我好像才深深體會到所謂的旅遊之情。

我沒來由地認為，之後還是可以跟後藤小姐悠哉地享受這趟旅行才對……心裡頭，終於多了一份這樣的寬裕。

總覺得，我相當地安於其中。

第7話 被動

「呼……真美味。」

我們倆都充分享受過溫泉以後，晚餐時間到了。

在客房的大矮几上頭，有高級餐點由前菜開始依序送到，讓我心裡靜也靜不住……

總之，每一道菜餚都很美味。

當我悠哉地在歡談間用餐時，就發現女侍剛好都是在餐盤清空的時候將下一道菜餚送來，因而嚇了一跳。每次時間點都掌握得絕妙，甚至讓我起意懷疑房間裡是不是裝了監視器。

從涼拌山菜算起，我們還吃了海鮮、小火鍋……於是，到主菜的肉與米飯一同端來時，肚子已經裝得有八分滿。飽雖飽，我們還是慢慢地吃完了所有餐點。

我是個即使客套也稱不上懂吃的人，這裡的料理卻優質到連這樣的我都可以分辨出與他處有所差異。

「偶爾享受一頓這種高級的餐點也不錯。」

我一邊淺嘗餐後的日本酒，一邊說道。後藤小姐也狀似滿足地附和：

「是啊。跟平常吃的完全不同……樂趣就在這裡。」

「嗯……真的。」

我連連點頭，接著凝望後藤小姐。

她跟著看了我的眼睛，並且微微地偏頭。

「什麼事？」

後藤小姐大概是酒後興酣，口齒變得有點不靈光。那也讓我覺得很可愛。

「謝謝妳帶我來。我玩得非常開心。」

我直接表達心裡的想法。後藤小姐眨了幾次眼睛，然後羞赧似的笑了。

「呵呵，太好了。吉田……我也很慶幸能跟你來。」

後藤小姐說著微微一笑，我又不由得怦然心動。

剛泡完溫泉的滑嫩肌膚。她的妝似乎已經卸了大半——然而，後藤小姐好像仍不忘在洗完澡以後補上眼妝與唇彩——即使如此，她的肌膚依舊細緻。我並沒有常常像這樣仔細觀察女性的肌膚，因此也不好隨便置評……然而她的膚質美得讓我不經意感受到：自己可不能誤以為女性的膚質均標就是如此。

而且，或許是在吃飽飯以後喝了點日本酒……她美麗的臉龐泛上了一絲朱紅。

還有誰如此適合用「嬌豔」一詞形容呢？我這麼心想。

「怎樣？看你目不轉睛地盯著我……」

見我不禁望得入迷，後藤小姐難為情似的扭了身。

「呃……該怎麼說呢……」

要怎麼開口才好？我感到猶豫。

或許我也多少有了醉意……還來不及深思，話就先說出來了。

「我是覺得……妳……好美……」

我這麼一說，後藤小姐就瞪圓了眼睛。間隔幾秒以後，她才回神似的開始害羞。

「唉唷……你什麼時候變得那麼會說話了？」

「不，我並不是在跟妳客套……」

「我聽了會害臊啊。真是～……」

後藤小姐怕羞似的將倒在酒盅的日本酒一飲而盡。她「呼」地吐了氣以後，跟著也在我的空酒盅裡幫忙倒了酒。

「欸，難得有機會，多喝點吧。畢竟平時都是喝啤酒，偶爾改喝日本酒也不錯。」

「說得對。務必讓我奉陪。」

我也在後藤小姐的酒盅裡倒酒回敬。

我們倆將那舉起。

「那麼，重新來乾杯。」

「嗯。乾杯。」

我喝下一口日本酒。甘甜好入喉，同時又富含風味。

仔細端詳標籤，才發現它是名叫「蒼空」——上頭寫的這兩個字似乎要用音讀——的日本酒。

這是另加費用點的，並未包含在用餐項目內。不過我向女侍請教有什麼推薦的酒，對方就說它兼具好入喉以及日本酒滋味濃醇的優點，我便點來試試了。

我個人覺得中了大獎。

連平時對日本酒並不熟悉的我，也喝得出美味。後藤小姐的反應同樣十分地良好，感覺這支酒點對了。

由於晚餐吃得相當飽，我們倆喝酒都不太能加快步調……倒也可以說這樣反而好。一邊淺嘗日本酒一邊談笑的時間很是舒適，感覺我對後藤小姐懷有的緊張也慢慢地紓緩了。

在如此開心對飲的過程中，時間一轉眼就過去了，時刻已過晚上十一點。

「吉田……我跟你說……」

後藤小姐醉得不輕，姿勢幾乎變成趴倒在桌上，還狀似咬字不清地開了口。

「…………」

「…………」

長長沉默。

來到這一步，我開始緊張了。

後藤小姐用了宛如隨意談笑的語氣搭話，因此我毫未提防……不過，她該不會是想談重要的事吧？沉默時間過長，我不由得摸索其中的含意。

「…………」

「…………？」

然而，後藤小姐實在太沒有聲音，因此我不禁探頭偷看她的臉。

「…………她、她睡著了。」

後藤小姐的臉仍然貼在桌上，眼睛是閉著的。

她悄悄地發出鼾聲，身體也隨之緩緩起伏著。

「……畢竟一天下來也累了。」

仔細想想，平日只顧工作，隔天就跑來旅行，還在平時不會走的山路上走了好一段時間。如今泡過溫泉讓身體放鬆，又喝了酒，會睏也是理所當然吧。

對於今晚會有什麼狀況，我曾懷著期待與不安的心情各半……看見她像這樣睡著，進而明白「不會再發生任何狀況」以後，讓我不可思議地安了心。

明明我確實有心跟後藤小姐進展彼此的關係，同時卻也懷著希望就這樣平靜無事地快樂迎接旅行結束的想法。

自己有這種既膽小又狡猾的感情固然令人訝異……唉，反正我這個人不中用也不是一天兩天的事了，總要學著接納像這樣的部分才行。我心想。改善則排在接納之後。

不過……讓她趴在桌上長時間睡覺，也實在不妥。

難得靠溫泉放鬆的身體應該又會變得緊繃，要是在旅行中感冒也令人不忍心。

既然要睡，非得讓她移動到床鋪再睡不可。

「後藤小姐。」

「嗯～…………」

我試著輕輕搖她的肩膀，她卻明顯醒不過來，只是挪了挪身。

「後藤小姐，要睡就到床鋪睡吧。」

我一邊說，一邊將視線轉向床鋪那邊。

這個房間是鋪了榻榻米的和室……不可思議地卻備有樣式看似和風，高度又偏低的兩張床。款式有別於一般床架，它好像是在木造底座先鋪榻榻米，再擺上軟墊。

我再次看向後藤小姐，她卻依然熟睡著。酒意似乎比想像中還深。

「……不得已了。」

我戰戰兢兢地站起身，並且移動到後藤小姐旁邊。

「恕我失禮嘍。」

略感緊張的我一面在內心誦念「這是不得已的」，一面把手臂穿過後藤小姐的右腋，然後搭到她的左肩。接著，再用左臂支撐後藤小姐的膝蓋內側，緩緩地把她抬起來。

……………比我想的還重。

不，既然她身上這麼有肉，或許這樣算是正常的。

基本上，我最後一次對女性公主抱，是在跟神田學姊交往時拗不過她，才在嬉鬧間嘗試的。神田學姊以前也是個體育少女，因此身體長得很結實，明明體型苗條，抱起來卻比想像中沉重而具存在感。不過我當時還在鍛鍊體魄，因此有肌肉可以輕而易舉地將學姊抱起。

對，並不是後藤小姐重。只是我力氣衰退了。

我一邊這麼想，一邊瞥向後藤小姐的臉。

「………」

「…………」

彼此的目光，在極近距離內對上了。

「原……原來妳醒了嗎？」

「呃，抱歉，我剛才好像睡著了……不過，被人抱起來的話，難免會醒啊。」

「抱歉，我沒有打算吵醒妳。」

仔細想想，後藤小姐說得有道理。她既沒有酩酊大醉，也沒有沉眠到身體被人抱起依然不會醒的地步。

「居、居然是公主抱……我從出生到現在第一次體驗……」

後藤小姐紅著臉，還露出羞澀的笑容。

「啊，對不起！」

後藤小姐看我慌張，使勁搖了搖頭。

「可以喔。你想幫忙抱我到床上？」

「是、是的……」

「難得有這種機會……那你直接抱我過去好嗎？」

「好……」

緊張得硬邦邦的我開口應聲。

當我說服自己「這是為了把她抱到床上」時，明明只需要承受適度的緊張。可是她像這樣醒來以後就不成了。

我一邊在全身使勁，免得腳步不穩，一邊抱著後藤小姐往床鋪走。

「呵呵……被年紀比自己小的男生抱起來，感覺好不可思議。」

後藤小姐在我的臂彎裡晃了晃肩膀。

伴隨溫泉特有的硫磺味，有股聞起來像洗髮精的芬芳飄來，讓我產生了無法言喻的心境。

我走到床鋪前，為了將後藤小姐輕輕放下而逐漸彎起腿與腰。

然而，大概是我不習慣這種姿勢……右腿後側的筋在途中冒出了抽痛感。

「唔喔。」

「呀啊！」

護著痛處而差點站不穩的我設法撐過去了，卻在讓後藤小姐躺上床之際，順勢就撲倒在她的身上。

我的臉猛然撞在後藤小姐的胸口。

自、自己居然會引發這種像動畫情節的狀況！如此心想的我急忙要站起來，右腿卻還是會痛。

「好痛……！」

「啊，你別勉強……我沒關係的。」

見我想起身，後藤小姐就抓住了我的肩膀。

話雖這麼說，我的臉依然撞在後藤小姐的胸前……

疼痛與柔軟的感覺，讓腦裡亂成了一團。

我設法在腦裡整理自己該採取的行動，首先，我舉起左手，向後藤小姐做出了手勢表達「我沒事」。

接著我用右臂拄著床鋪，靠臂力撐起自己的身體。

「真、真的……很抱歉……」

我一邊賠罪，一邊重新在床上坐穩，並且伸直了右腿。

差點抽筋的肌肉伸展開來，疼痛逐漸緩和。在反覆彎曲及伸直的過程中，疼痛就消失了。

「哎呀，果然還是要從平常就多運動，否則可不……行……」

笑著掩飾窘迫的我一轉向後藤小姐那邊，心臟便蹦得厲害。

後藤小姐的臉非常紅。不，與其說是臉紅……看起來似乎正在發燙。

浴衣的前襟掀開了一些。

她含情脈脈地望著我。

「後、後藤小姐……？」

異樣的氣氛讓我心生畏縮。我叫了她的名字……她便緩緩地，揪住了我這件甚平的衣袖。

「吉田……接下來……你想怎麼樣？」

後藤小姐望著我說出這樣的話，因此我著實心慌起來了。

她是不是……正在誘惑我？

「妳、妳說的怎麼樣……是指……」

我一問，後藤小姐就咕嚕吞了口水。然後，原本望著我的視線，變成游移於床上。

「就是……呃……要各睡各的床……結束這一晚嗎？」

後藤小姐滿臉通紅地這麼說，接著又往上瞟向我。

有種嘴裡水分正逐漸流失的感覺。

連遲鈍的我也明白。

這是在誘惑我。假如她不是那個意思，引人誤解也該有個限度。

可是……可是呢——

我還沒有明確聽到後藤小姐的心意。

就這樣順著誘惑將嘴唇交疊，還做出更進一步的行為……等到事後再來確認心意，對「彼此」而言是狡猾的，我不喜歡這種做法。

假如像這樣成其好事的話，我忍耐至今的心意就毫無意義。

「……妳說的是什麼意思呢？」

我鄭重問道。

後藤小姐跟我約好了。下次要由她主動告白。

本著那樣的約定，我跟後藤小姐花了漫長的時間來建立兩人間的關係，我是這麼認為的。

所以……我相信，她絕對會將心意化為言語。

「我說的……我說的意思就是……」

後藤小姐比剛才更加用力地，揪住了我這件甚平的衣袖。

她帶著燙紅的臉望向我。

我早就明白彼此心意相通。

之後，只等她把那說出口而已。

那項儀式完成後，我們才終於……可以結合為一。

明明如此。

「吉田，你想要的話……可以喔？」

後藤小姐卻滿臉通紅地這麼告訴我。

聽了那句話，我……

第8話 失敗

這麼稱心如意沒問題嗎？我心想。

被吉田公主抱。

老實說，用酒盅喝下五、六杯日本酒以後，我就覺得愛睏了。不過，一邊喝酒一邊跟吉田聊天實在開心，抵抗睡意的我都沒有停止喝酒……回神後，已經不小心睡著了。

不過……沒想到他會願意抱我去床上。

睜開眼睛的那一瞬間，我的意識就明確醒來了。

隔著背脊，可以曉得吉田的手臂正在施力。男人的強壯臂膀。而且，那還是意中人的臂膀，感覺好可靠，令人小鹿亂撞。

當他準備放我到床上時，腿似乎因為姿勢不習慣而抽筋，結果撲倒在我身上。他的臉形同埋在我的胸口，但我絲毫沒有排斥感。反而只覺得心動，心臟彷彿都快要從胸口蹦出來了。好怕心跳聲被他聽見。但是，我又不希望他離開。心裡亂糟糟的。

他連忙起身，還將腿一會兒彎起，一會兒伸直。

……我有預感，他大概會若無其事地就這樣鑽進另一張床，然後睡覺。

難得彼此可以這麼貼近……那令我相當落寞。

當我這麼想時，就覺得下腹部無法安分。而且，感覺那一帶好熱。

於是，我發現——

……啊，原來我是如此無法自拔地想要吉田。

我在想，假如用醉得輕飄飄的身體，就這樣與吉田相擁，不知道會是什麼感覺呢？我在想，他會帶著什麼樣的臉孔抱我？我在想，跟他接吻會有什麼樣的心境？

令人害羞的是，我腦裡充滿了跟吉田的下流妄想。

自己竟有冒出這些遐思的一天……我想都沒有想到。這肯定就是所謂的戀愛，任由這種感情發展下去，就會想索求對方的身體吧。拖到現在的年紀，我總算理解這種感情了。

吉田為了掩飾害臊，似乎在說些什麼，我卻完全聽不進耳裡。

「吉田……接下來……你想怎麼樣？」

我順著情緒這麼一問，吉田的表情就大為改變了。

驚訝，而後緊張。光看臉色，就已了然於心。感覺那也是他令我喜歡的地方。

「妳、妳說的怎麼樣……是指……？」

他不知所措地問。

被逼著明說會令人害臊。但是我曉得，如果不明確將誘惑他的意思說清楚，我們便無法有進展。

「就是……呃……要各睡各的床……結束這一晚嗎？」

話說完，我看了他。

臉燙得不得了，肯定已經漲紅了吧。我心想。

吉田更顯緊張地深深吸了氣。

「……妳說的是什麼意思呢？」

不過，他的表情……立刻就變得認真了。

明明懂得意思，他卻這麼問。

那句話讓我驚覺到。

他自始至終，都在引誘我開口。

因為我一度撒謊，回絕了他的告白。

下次，我非得主動表明心意。我們是這樣約好的。

「我說的……我說的意思就是……」

沒想到揭露自己的心聲會是如此地痛苦、如此地羞人。我回想，先前自己在烤肉店表明「喜歡」他時，為什麼能擺出那麼從容的表情呢？

對了，那時候是因為……我很拚命。

因為我曉得，有別的人事物在他心中占了越來越大的比重。

當時我不曉得那是誰，所以還臆測過會不會是三島。

無論對方是誰，情況都一樣。

我自己先拒絕了吉田的告白，還怕他被其他人偷走。

所以，我才擺出有餘裕的成熟臉孔，想藉著吐露情衷來打動他的心，目的只為把他吸引住。

但是……現在不同。

我毫無防備地待在這裡。其他人怎樣都已經無所謂了，我只是懷著想跟他在一起的心，於是斷然安排了這場突如其來的旅行。

沒有任何場面話，這是我最真的感情。

要向他人揭露自己在人生中壓抑至今的部分，可怕得令我難以置信。

吉田肯定到現在也還喜歡我。從他在旅行中的態度，我自認分辨得出。即使如此，我仍然會怕。

我認為自己對吉田展現的本色遠比別人多。我喜歡肯予以包容的他。

就算這樣，在他的面前，我依舊一直扮演著「成熟的自己」。如果我將那些武裝全部卸除，還像少女一樣對他訴情衷的話，會不會讓他失望？我抹不盡內心的擔憂。

明明我曉得，只要一句「喜歡」就能表達一切。

我卻……找了別的詞代替。

以前，吉田為了確認我說的話是否出自真心，曾問我願不願意「跟他上床」。

彼此都是大人。因此，只要這麼說，就能將意思表達到才對。

我如此心想。

「吉田，你想要的話……可以喔？」

胸口怦然心動的我，這麼對他說道。

吉田緩緩地睜大了眼睛。接著，他狀似惆悵地……垂下了目光。

他擱在床上的手緊緊地握起。

吉田緩緩地從鼻子呼氣……然後，抬起了臉龐。

在他臉上，浮現了落寞似的微笑。

我感到胸口刺痛。

吉田用細細的聲音說道：

「果然…………妳還是不肯明說。」

「咦……」

他緩緩從床上起身，並且擺出生硬的笑容。

「不好意思……辜負妳一片好意。今天我們正常睡覺吧，在各自的床鋪。」

「咦，可是……！」

「我先去刷牙。」

彷彿為了打斷我的話，吉田交代完就走向盥洗處了。門被用力關上。

我望著被關上的盥洗處的門，茫然了好一陣子。

＊

空氣清澄得令人覺得諷刺。

我獨自泡在客房附設的露天浴池，一邊仰望夜空。滿天繁星。

景觀優美，我現在的心情卻一點都不開朗。

吉田按照宣言，刷完牙就立刻鑽進另一張床，還帶著平常的臉色對我道過「晚

安」，然後就睡了。

我也在床裡躺了一陣，卻完全無法入睡……為了改換心情便逃來露天浴池。

我回想起，吉田入睡前跟我的對話。

原本，彼此都明白那段對話裡的含意，氣氛也是有的。

但是……因為我一句話，讓他改變了念頭。

其中的理由……現在我就想通了。

我回想自己所說的話。

「吉田，你想要的話……可以喔？」

我是個無比狡猾的女人。

那時候，我應該明確表達「我喜歡你」才對。

可是，我沒能割捨自己養成的習慣，也沒能完全相信他……結果就擺著告白般的臉孔，把決定權交付給他了。

那時候我真的認為那可以代替告白，連我都覺得自己真是無可救藥。

假如他的性格會把事情看得更輕鬆一點，或許就會直接順從我的誘惑，讓彼此身體交合，從而確認心意也說不定。但是……我應該知道他並不是那種人。我就是喜歡他那一點。

我全弄錯了。

「我真笨……」

目光垂下後，淚水立刻流了出來。

哭什麼呢？我心想。

吉田肯定比我還想哭吧。

被意中人邀來旅行，住進同一個房間，最後還受了明顯在暗示有意做愛的引誘……

明明如此，他卻更重視跟我之間的「約定」，並且忍了下來

對他來說意義重大至此的約定，被我在無意識間看輕了。

我單單用一句話……便傷害到他，更錯過了自己想要的結果。

其實，我連露天浴池都希望能一起泡的。

先不談我們在這次旅行是否能發展成男女關係，兩個人在客房附設的露天浴池共浴並且悠哉地談天，明明正是我想要體驗看看的事，所以我才選了這個房間。

結果，我卻因為自己的行為，像這樣一個人淒涼地泡澡。

以往我靠著「前瞻性的暫緩決定」，自以為長袖善舞。

這是因為我只靠這種方式成功過。

所以，無論過了多久，我都沒辦法接觸到他人的內心深處。

過去我一直告訴自己「想要就得不到」，彷彿自詡為悲劇中的女主角……

現在我曉得，之所以得不到想要的東西，全是我自找的。

因為我不肯擔負任何風險，才得不到真正想要的東西。

「唉……」

我發出嘆息，並且再次抬起臉。

淚水盈眶，讓星空看起來像是做工不佳的萬花筒。

明天起……我該用什麼表情跟吉田講話呢？

我一邊思考這些，一邊在浴池裡泡到手腳都變皺，然後才靜靜擦乾身體，重新穿上浴衣，再小心翼翼地躺回床上以免吵醒吉田。

躺上床以後，我還是一直翻來覆去盡想著同樣的事，但隨著暖和的身體逐漸變冷，我總算感受到睡意……一回神，就陷入沉眠了。

＊

隔天，吉田表現得「一如往常」。

他毫未談及昨晚的事，還像是理所當然地溫柔笑著跟我對話。

吃自助式早餐時，吉田也開心似的拿了許多種配菜，並且感動地吃著每一道餐點。

儘管我也應聲說過「真好吃呢」，實際上，心思卻不太能專注於用餐。

就我所知，吉田是屬於「不擅粉飾」的那種人。明明昨天發生過那種事情，吉田卻能照常跟我相處，這樣的狀況令人難以心安。

我是不是讓他失望了？失望是當然的。

他是不是出於體貼才裝得一臉開心？

他是不是希望趕快回去？

這些不安的想法在心坎裡打轉著。

我懷抱著如此的心情。而退房時間已至，我們便從旅館離去。

「哎呀，真是一間好旅館。謝謝妳的招待。」

「哪裡哪裡，不客氣。」

吉田依舊爽朗。

與準備邁步的他形成對比，我仍杵在原地不動。

吉田回過頭，狀似不可思議地望著我。

「怎麼了嗎？」

被他一問，我答不上話。

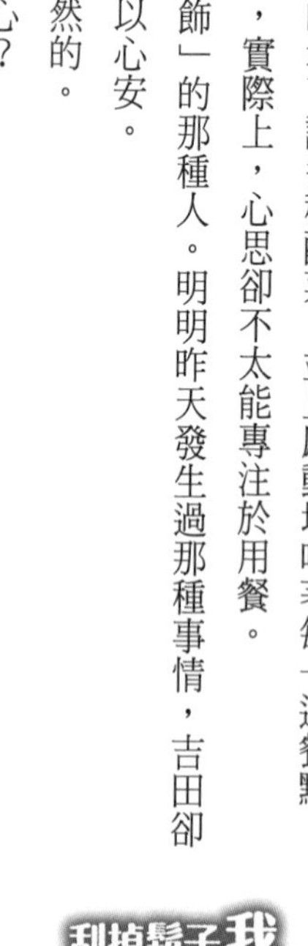

我想問：接下來，你想怎麼樣？

察覺到這跟昨晚的台詞一樣以後，我便作罷了。

「那、那現在要回家嘍？」

我總算接話。吉田於是冒出了「啊～」的一聲。

接著，他戰戰兢兢地湊到我旁邊，然後說道：

「難得來京都……我本來還想去清水寺……時間不太夠嗎？」

他這麼說，讓我吃了一驚。

「咦……呃，我是不要緊……」

「真的嗎？那我們走吧。可惜這個季節並沒有紅葉……」

「嗯，我明白了。」

吉田狀似開心地點頭，並且邁步離去。

旅館有提供接送的服務，因此他趕到旅館前待命的計程車那裡，向司機舉了手。

我也邁步跟到他後頭。

難道說，只有我覺得尷尬？

或者……他果然是在體貼我？

無論如何……倘若我一直像這樣醞釀出有隔閡的氣氛，那就太過意不去了。

趁吉田沒有在看這裡，我輕輕用雙手拍了拍臉頰。

旅行還沒結束。昨天的事暫且擱下……我應該盡量讓他開心旅行到最後。

「後藤小姐！司機好像願意送我們到清水寺喔！」

「真的？太好了！」

吉田回頭朝這裡開心說道，我也帶著笑容附和。

先請計程車載我們到清水寺附近，然後一路走在通往清水寺的坡道。

感佩於京都將街道規劃得好似棋盤的風情，悠遊漫步其間。途中還有許多土產店，因此我們倆一邊試吃，一邊挑了要帶到公司的伴手禮。

仔細想想，準備回去時再買應該比較好。然而因為什麼都好吃，我們便樂得在進入寺院前就買了滿手土產。吉田跟我彼此笑著說「失策了呢」並前往清水寺……從知名的「清水舞台」望見的景色也讓我們發出了感嘆。

和樂融融的一段旅程。

途中，我有好幾次都想為昨天的事道歉……不過吉田觀光時始終顯得很開心，我也不好意思打岔……於是到最後都沒能說出口。

取得回程新幹線的票，也沒空多思考，我們倆便上車了。

列車開動以後，我感覺到，旅行即將結束的事實總算追趕而至。

這段旅程，一轉眼就過去了。

擷取其中的每段時光來看，會覺得自己一直都在心動，時間彷彿過得好長，然而像這樣過去以後……真的，只在一轉眼之間。

而且……明明我是那麼心動，結果也就如此而已。

很顯然的是，我沒能讓關係進展，甚至還不慎傷了他。

當我的思緒如此打轉之際，大概是因為懊悔，眼淚就冒出來了。

「咦……後藤小姐……？」

吉田察覺以後，在旁邊倉皇失措了起來。

「妳、妳沒事吧……！」

「對不起……我沒事。」

我拿出手帕，並且擦掉眼淚。居然在吉田面前哭，太糟糕了。我沒有那樣的權利。

我轉眼瞥去，發現他正擔心地望著這裡。

面對突然哭出來的女人，吉田並沒有露出嫌麻煩的模樣，只顯得擔心。

我覺得自己好丟臉。

「吉田……對不起……」

「對、對不起什麼呢？」

我明白，吉田的聲音裡冒出了緊張情緒。藉此，我理解到——

果然，吉田一直都努力讓自己不去介意昨天的事。我像這樣道歉以後，他就聽出我指的是昨天那件事了。

「是我狡猾又缺乏勇氣……事情才會變得像那樣……」

我一邊用手帕接住盈出的眼淚，一邊由衷地開了口賠罪。

難得的旅行被我搞砸了。明明如此，他肯定是為了讓這次旅行能夠「快樂地收場」，一直體貼我到最後。

吉田望著我，沉默了一陣。

他的眼睛動個不停……似乎是在考量措辭。

接著，吉田吸了口氣，然後說道：

「我才要向妳道歉。呃……」

話說到這裡，他將音量壓低。

「我肯定……害妳蒙羞了。」

他似乎是在顧慮其他乘客。的確，在新幹線上頭談這些太隱私。我已經失去餘裕，連這種事都注意不到。

「不過，我……還是會繼續等。」

吉田所說的那句話，讓我訝異地抬起臉。

他溫和地微笑著。

「五年來……不對，就快六年了吧。畢竟，這段戀愛已經持續了六年之久。」

吉田說著，樂得笑了笑。

「後藤小姐……妳是個不擅長主動開口做重大決定的人……這一點，我自認還算了解。正因如此，我才希望由妳來開口。」

吉田這麼說完以後，便凝望著我。

「老實說，我對這一點並不打算退讓。即使知道彼此心意相同，我還是希望妳能夠明確說出口。因為……我覺得這對我們來說，會是相當重要的一件事。」

「……嗯，我明白。」

「不過……無論要等多久，我都會等。」

吉田莫名斷然地這麼告訴我。

接著，他側眼看了我。那樣的眼神……十分溫柔。

「所以，妳不用替我費心。」

聽了那句話，我的視野再次扭曲，眼淚撲簌簌地盈落。

吉田困擾似的笑了笑。接著，他感慨地說：

「京都旅行……我玩得很愉快。」

我一邊哭，一邊連連點頭。

「是啊……是啊……非常愉快……」

「我還想去呢。」

「……我也……還想再去…………！」

有許多想法並未化為言語，而是變成淚水，從眼睛流了出來。

後來我打起哭嗝，連隔壁的乘客都隔著走道頻頻瞄過來。而吉田一直幫忙輕撫我的背。

「那麼，公司見。」

抵達東京車站，吉田舉起了一隻手問候。

「土產看起來很重就是了……請妳在回家路上要小心喔。」

他望著我用兩手提的大量紙袋，露出了苦笑。

我採購了足夠讓公司所有人吃的土產，因此一個人提在手上實在太多。話雖如此，跟吉田去旅行的事總不能昭告眾人……所以我也沒辦法請他帶一半回去，等明天再帶到

公司。

我也露出一抹苦笑，並且望著吉田。

「真的謝謝你。我玩得相當開心。」

「我也是。」

「那個……有機會的話，我們再一起去吧……」

我戰戰兢兢地這麼說。吉田先是愣了幾秒鐘，然後「呵」地微笑。

「嗯，請務必讓我奉陪。」

「下一次！」

我略顯激動地發出聲音。

吉田狀似訝異地睜圓了眼睛。

「下一次……就是我們……成為情侶以後的事……」

我的聲音越講越小聲。

我明明沒有打算連這都說出來的，卻情不自禁。

吉田有滿長一段時間，都將眼睛睜得圓圓的，嘴巴也半張不閉。

不過，他慢慢地笑逐顏開。

「……好的，我很期待。」

他開心似的笑著這麼回答。

我們倆對彼此笑了笑……然後，幾乎在同一時間轉身。

各自往不同的方向緩緩走去以後……

我一度回過頭。

結果發現吉田同樣回頭望著這裡。

吉田害臊似的點點頭，並且向我揮了揮手。

我也揮手回應，然後再度邁步。

……這兩天，發生了許多事。

不過，託吉田的福，我覺得這是趟相當開心的旅行。

還有……下次我一定會成功。

我必須親口，用他期望的方式表明心意。不能再逃避，要直接了當地告訴他。

我懷著如此的決心……結束了這趟既長又短的旅行。

第9話 抨擊

「咦～～妳怎麼還能說得像是一段佳話啊？？？」

我忍不住如此衝口而出。

三島在一旁帶著詫愕似的臉色看了我。

別攔我——我使勁瞇眼示意，三島就帶著難以言喻的表情從我面前別開目光，並且狀似尷尬地拿起鮮橙黑加侖雞尾酒就口。

酒意已深，我便克制不了憤慨的情緒。

「欸，簡直糟糕到不行。糟糕透頂！後藤小姐，妳太糟糕了！」

我粗聲粗氣地說道，三島連忙咕噥：「何必把話說得那麼重……」

「就是因為誰都不肯規勸她，才會慣出這麼糟糕的人吧！」

「呃，或許是那樣沒錯啦！」

儘管三島有稍微洩漏出心聲，到底還是站在安撫我的立場。

光看到後藤小姐對我突然發飆顯得一臉困惑，就讓我火大。她是在困惑什麼？

聽她講述的這段期間，我抖腿都沒有停過。

下班後，我揪著後藤小姐的脖子，還順便拖了三島一起到平時那間烤雞肉串店。

之所以如此，都是因為後藤小姐星期六日跟吉田去了京都旅行，原本以為她星期一上班應該會帶來美滿結局的消息……沒想到臉上卻多了連靠化妝都掩飾不盡的黑眼圈。而且，那看來並不是「幸福過頭而無法入睡」的表情。

我忍不住趁著午休時間詢問：「你們怎麼樣了？」她就回答：「什麼也沒有發生。」聽了實在太令人跌破眼鏡，所以我才在下班後把她帶來烤雞肉串店。

帶三島過來，則是為了一同教訓後藤小姐。之前後藤小姐明明幫忙促成了讓吉田跟三島單獨談一談的局面，換成她自己要跟吉田單獨相處卻一事無成，究竟是安著什麼心啊？

伏見稻荷那一段過程，我聽了只覺得無聊，感覺像在聽人敘述磨耐性又缺乏進展的戀愛漫畫。一旁的三島則顯得興趣濃厚——同時，似乎也有一絲不甘——聽著後藤小姐講那些。看她的性子，說不定也會讀少女漫畫。

問題在於……他們抵達旅館以後。

泡完溫泉，吃過美味的餐點，喝了許多日本酒，醉意也恰到好處……甚至還讓吉田公主抱。

明明進展得如此火熱。

「你、你們就那樣接吻了嗎……？」

三島莫名慌張地提出了並不切題的疑問，但我大概猜到之後的發展了。

後藤小姐搖搖頭，還露出自嘲的微笑。

「我不敢把話說清楚。所以，結果吉田就因而掃興，直接去睡覺了。」

後藤小姐是說「不敢把話說清楚」，不過八成並非如此。我看她是講錯話了，連那個「對待意中人佛心滿滿」的吉田聽了都會掃興的話。

「妳是怎麼說的？」

心情變得有些惡劣的我一問，後藤小姐就回答：

「『吉田，你想要的話……可以喔？』我是這麼說的。」

「唔哇………妳這樣不行啦。」

「咦～～？」

我咂舌表示不滿，反觀三島則是滿臉通紅地交互看著我跟後藤小姐。

「後藤小姐對前輩說的話，不是已經誘惑得非常露骨了嗎！怎麼會什麼都沒有發生呢？」

三島一副不可思議地說。的確，不曉得後藤小姐與吉田之間存在的「前提」，或許就會像她這樣感到疑問……但是對聽過所有來龍去脈的我來說，則覺得後藤小姐的發言糟糕得無以復加了。

「要說的話，到這個節骨眼還想把事情交給對方決定，就是她糟糕的地方。」

「我、我曉得啦……」

後藤小姐消沉下來。然而，我聽完這一段只覺得火大而已，於是沒有對她留情。

「單純改說『抱我』還比較像話。」

「都說我曉得了嘛……想也知道錯的是我。」

一臉不可思議地旁聽的三島，狀似正在反省的後藤小姐，還有心情極度惡劣的我。

「然後呢？妳接著說啊。」

我伸指敲桌，後藤小姐便尷尬地開口說了下去。

結果，他們後來真的就各睡各的，後藤小姐還哭著泡了露天浴池——這一段有必要講嗎？——隔天吉田都在體貼她，東拉西扯到最後似乎仍有了一趟愉快的旅行。

接著，後藤小姐在回程的新幹線上哭著道歉，吉田則回答「無論要等多久，我都會等」……

兩個人就這麼散場了。

實在太蠢。

這兩個人是為了什麼才去旅行的啊？

「妳怎麼就這樣回來了？」

我一邊顯露不悅一邊問道。後藤小姐發出了「咦」的聲音。

咦什麼咦啊？我心想。不過她的思維就是會在這種時候認真地用「咦」表示疑問，所以才敢大搖大擺地回來吧，這也是我的想法。

「畢竟……照流程而言是要散場了啊……」

「妳管他什麼流不流程！」

我忍不住大聲回話，旁邊的三島嚇得肩膀發顫，還在店裡東張西望。她大概是在介意其他客人的視線，不過這間店的每桌客人都在大聲嚷嚷，因此我這一點音量並不會讓人多介意。

「要等多久都會等，聽他這麼說完之後呢？妳就覺得吉田果然很溫柔嗎？然後事情便結束了？」

「不是，我當然也有想到，下次一定要直接了當地表明心意……」

「下次是什麼時候！妳就是習慣像這樣暫緩，才會越來越不敢開口吧！」

我責備似的這麼說完，後藤小姐便警醒地深深吸了氣。她似乎明白自己有何特質，對於這些根本上的癥結又真的渾然不覺。

沒把話說清楚就無疾而終，假如她覺得那樣是不好的，當場就該再表達一次才對。明明如此，結果她還是在無意識之間選擇了「暫緩」。

「妳不是應該當場跟他牽個手，把心意表達清楚才對嗎？」

「這……」

「妳就是因為辦不到那一點，才會犯那種無可救藥的錯！雖然妳擺出一副在反省的臉，卻根本沒有反省到！真的糟透了！」

「神田小姐，妳說得太過火了，太過火了啦……」

三島終究是揪住了我手臂並且左右搖晃。

的確……或許我稍微激動過頭了。

「……抱歉。不過，我就是在生氣啊。」

「不，沒關係……」

後藤小姐搖了搖頭，然後垂下目光。

「神田說得對……聽她像這樣明確說出來以前，我自己都沒有察覺。真的，我實在太糟糕了。」

「哎，也、也不是每個人都像神田小姐這樣勇於行動啊……」

為了緩和現場氣氛，三島吞吞吐吐地打圓場。

「三島，可是妳就有確實向吉田告白吧。」

「我……！咦！」

「妳有吧。」

「呃，這個……我……」

「起碼有進展到接吻嘍？」

「接……沒有，前輩可沒有吻我喔！」

所以妳有。

我哼了一聲，並且把視線轉回後藤小姐身上。

「然後呢，妳打算怎麼辦？」

我問道。而後藤小姐低聲應了一句：「嗯……」跟著就躊躇似的將視線遊走於桌上。

隨後，她吸了口氣，並且狀似下定決心地抬起臉孔。

「近期內，我會向他說清楚。」

差點吼出來的我驚險忍住了。

三島戰戰兢兢地將視線來回於我跟後藤小姐之間。

我做了深呼吸。

「妳說的近期內……是什麼時候？」

我這麼問道。發出的聲音比想像中還低，嚇了我一跳。

後藤小姐驚恐似的挺直背脊，顯得不知所措。

「比如……下次放假？」

「今天？」

「今、今天……？」

「不該是今天嗎？」

我逼問，後藤小姐就急忙搖了頭。

「可是今天已經這麼晚了……！」

「還沒有晚到上床睡覺的時間吧。」

時間是晚上九點。除非相當疲憊，否則成年男性要就寢仍然嫌早的時間。更何況，即使已經睡著了……意中的女性來跟自己見面也會跳下床吧。

「呃，可是……這樣太不符合常識了……」

「那妳明天就有辦法表達了嗎？妳能主動找他出來，並且營造氣氛表白嗎？」

「唔唔……」

後藤小姐講話吞吞吐吐，讓我急得把杯裡剩下的威士忌全喝完了。喉嚨有火辣辣的

刺痛感。

「反正妳只會暫緩得越拖越久！應該今天就去吧！」

「但、但是……」

「沒有但是！好了，站起來！包包拿著！」

我站起身，並且拉著坐在面前的後藤小姐站了起來，還拿起掛在椅子上的包包，塞到她手裡。

我從自己座位旁邊的衣架拿下後藤小姐的外套，把那也塞到了她的手裡。

「好了，去吧！現在馬上去！」

「呃，我還沒付錢……！」

「那不用妳操心啦！我先幫妳墊！趕快趕快趕快！」

我使勁推著她，並且推開店家的門，把人趕了出去。

「妳知道吉田家在那裡吧！現在就去見他！」

我一邊瞪著露出詫愕表情的後藤小姐，一邊猛然關上店門。

嘆息冒了出來。

「如往常般」超不親切的店員站在收銀台，默默地盯著我。

「沒事、沒事。」

我只交代過這麼一句，她就頭也不點地把視線從我這邊轉開了。站起來以後，我才發現自己好像醉得不輕。腳邊感覺並不穩。

當我略顯搖晃地回到座位，三島便有些不敢領教地望著我。我坐到後藤小姐原本的座位，跟三島面對面。

「………怎樣啦？」

三島默默地望著我這裡，我便噘起嘴唇。

「唉……我只是覺得妳的做法好強硬。」

三島這麼說完後，露出了苦笑。

「倒不如說，妳們是什麼時候變得這麼要好的？」

被她一問，我不禁莞爾。

「就是啊。令人火大的是，我跟那個人還滿合得來的。」

「要說的話……感覺是有合得來的地方。」

三島一邊將挺沒禮貌的感想說溜嘴，一邊小口喝起甜橙雞尾酒。

我也把店員叫來，並且向她點了拉弗格。

「妳為什麼會這麼支持後藤小姐呢？」

三島先是這麼說，接著又有些難以啟齒似的游移視線。

「你們曾經交往過吧?妳跟吉田前輩。」

她如此問道。

「妳聽吉田說的?」

「哎……是的。」

「這樣啊。對啦,高中時交往的~」

「妳不會對前輩有所眷戀嗎?」

三島明目張膽地這麼問我。

現在就我們兩個女人,充門面也沒用。

「會啊~」

我答道。而三島狀似訝異地瞪圓眼睛。

「原、原來妳會啊……」

「怎樣,明明是妳要問的耶?」

「呃,話是那麼說沒錯……」

「眷戀歸眷戀,但是我跟吉田已經結束了。因為吉田喜歡後藤小姐,無論我再怎麼做,也奈何不了他們吧。」

我沒好氣地這麼說道,三島就露出苦笑,然後點了頭。

「真的呢……是那樣沒錯。」

「呵呵，聽妳接話的語氣是有切身體會。」

「不，我又沒有…………唉唷～」

三島鼓起腮幫子，並且瞪了我。

「該怎麼說呢……妳跟後藤小姐都太會察言觀色了，好恐怖。」

「這就叫薑是老的辣。」

「要是年長者都像妳們一樣，我哪需要受罪？」

三島說的那句話讓我笑出了聲音。因為她在言外透露了「吉田前輩可不是這樣」的意念。

唉——我嘆了一聲，然後說道：

「所以嘍～……看了很讓人火大吧。明明雙方情投意合，卻一輩子都在相同的地方打轉。」

「要說的話……那我的確可以體會。」

三島也安分地點頭附和。

不親切的店員從旁冒出來「砰！」地一擱下玻璃杯裝的拉弗洛，我就大口灌下了其中半杯。

三島一邊「噢噢……」地冒出驚嘆，一邊看著我這麼喝酒。

「吉田說來也是一樣固執。只要他是個不拘小節的傢伙就好啦，那樣他們早就迎來美滿結局了吧。」

「唔唔……也對……」

三島的視線有些尷尬地亂飄。真是青澀呢，我心想。

「自己一度說出口的話收不回去，就跟對方賭氣。用了明確好懂的方式誘惑還被他拒絕，未免太讓女方丟臉了嘛。」

我發牢騷似的說道，三島卻沒有附和。

我心想：「哦？」並且看向她。

三島遙望似的瞇著眼睛告訴我：

「因為那是很重要的事吧？」

我不禁倒抽一口氣。

「吉田前輩不就是認為那對兩個人的今後很重要……所以才那麼做的嗎？」

三島莫名斷然地這麼說完……然後才回神似的慌張起來。

「沒有啦！感覺都是我自作聰明在說大話。呵呵……」

「不……」

我一邊感到有些汗顏，一邊揚起了嘴角予以掩飾。

「應該是那樣沒錯。嗯……肯定是妳說的那樣。是我不夠成熟。」

「沒、沒有沒有……我才沒有講出什麼大道理。」

「畢竟，每個人重視的事物都各有不同。」

我想起自己以前對吉田說過的話。

我說他看待事情「都開著吉田濾鏡」。

如果借用那句話，今天的我就是「都開著神田濾鏡」吧。

趕快交往不就好了——心裡盡是急著這麼想，結果沒有去深入思考在他們倆的互動間才會產生的「僅屬彼此的情念」。

哎，事實上我認為多少需要強硬地從背後幫忙推一把，他們才會有進展，所以當場把後藤小姐趕去找吉田這件事，我倒不覺得後悔……

「什麼嘛，三島，連妳都變成大人了。我好寂寞。」

感覺在後輩面前露出嘀咕反省的模樣也不好看，我當場打趣蒙混過去。

「妳、妳那是什麼話嘛！」

「幾個月前，明明妳跟吉田捉迷藏的模樣是那麼地有趣。」

「事情已經結束了！」

賭氣地大聲回話的三島看起來莫名可愛，讓我哈哈笑了出來。

「原來結束了啊？」

我捉弄人似的說道，三島「唔」地隨之語塞。

「……是啊，結束了。」

然後，她噘著嘴唇告訴我。

明明三島應該還沒將感情完全放下，卻能斷然說出這種話，讓我覺得挺惹人憐愛。

「哎！男人還多得是啦！換下一個吧，下一個！」

我拍手這麼說，結果遭到了三島白眼。

「從高中戀愛到現在還藕斷絲連的人結果是勸不了我的。」

「啊哈哈！說得也是！」

果然我也喜歡這種有話直說的人。

而且……不管怎麼說，我都覺得捉弄三島很有趣。

「所以呢？妳跟吉田曾經進展到哪裡？告白以後呢？有接吻嗎？」

「呃，沒有！我們才沒有接吻……」

「呼嗯？」

我目不轉睛地……盯著三島。

三島一會兒跟我對上目光，一會兒把目光轉開——

「我都說沒有了嘛！」

「啊哈哈！」

她真的很可愛。

後來我還是逗著三島玩。

有別於跟後藤小姐一起喝酒，這樣有不同的樂趣，我不自覺地就喝多了。

在適宜的時間散場，踏著搖晃的腳步回家……

連衣服都不換就在床上躺成大字。

「……不曉得他們現在怎麼樣了。」

趁著四下無人，我大聲地自言自語。

只要她直接去吉田家，應該早就到了，兩個人正在對話才對。

順利的話，或許雙方現在都是赤身裸體。想到那一點，我兀自笑了起來。

「心地汙穢。」

我一邊這麼說一邊起身，並且慢條斯理地脫衣服，因為照這樣下去會連衣服都沒換就睡著。

穿著一身內衣走到盥洗處，然後動手卸妝。腳底輕飄飄的，指尖的感覺也變得遲

鈍。我喝太多了。

窸窸窣窣地刷完牙，我連穿衣服都嫌麻煩，就只穿內衣鑽進被窩。

蓋被與底下毛毯疊在一起的輕柔觸感，直接傳達到肌膚。

「…………」

明明已經是滿久以前的回憶，像這樣近乎赤裸地躺進被窩，便會想起跟吉田在床上纏綿的情境。我覺得這就像一種詛咒。

「嗯～～～……」

蠢動的我在被窩裡縮成一團。

「……好令人羨慕。」

我一邊這麼嘀咕，一邊解開胸罩的扣環，還脫掉底褲，然後隨手將那些全都甩到了床鋪外。

「你們趕快交往啦～～！那樣我就可以再找其他男人了～～」

喝醉以後，想法都會說出口。

感覺真寒磣……我一邊數落自己，一邊在被窩裡蜷縮，並且沉浸於暫且能排遣寂寞的作業。

第10話 結局

被神田從烤雞肉串店趕出來以後，我在原地杵了一陣。

腦海裡一直轉著「怎麼辦」這句話。

她要我現在就去吉田家。

比方說，在這種時間跑去對方家好嗎？起碼改成明天會不會比較好？我想到的盡是顧慮「常識」的做法。

不過，正如神田所說，我考量的那些，全是為了逃避自己當下該做什麼的藉口……這我也明白。

我在無意識間一直在暫緩決定，神田是這麼說的。

感覺她說得對。

至今以來，我都只能靠這樣過活，而且到現在還是改不掉這種連自己都覺得厭惡的特質。

想要就該伸出手。有人願意珍惜自己，就應該予以珍惜。

我自認在腦裡是明白這層道理的。

但是，化成言語就簡單明瞭的行動，自己卻怎麼也辦不到……我不懂這當中有什麼理由。

一直杵在原地思考也不是辦法，我只好蹣跚地踏出腳步。就算走回烤雞肉串店，也只會落得又被趕出來的下場。神田的做法固然太過強硬，我卻也曉得她是為了我好……雖然說在這當中，多少也有為了她自己的成分吧。

我一邊在腦子裡轉著類似的思考，一邊走到車站，然後穿過驗票閘……搭上了開往跟平時不同方向的電車班次。

我當然記得離吉田家最近的車站是哪一站。到他家的路途，我想我應該也還記得。畢竟那段路並沒有多複雜。

晚上九點一過，電車就比較空了。我坐到座位，茫然地望著另一側的車窗。

我喜歡吉田。無庸置疑，我如此認為。而且，在那一趟旅行也確認到……他至今仍心繫於我。

明明如此……我，卻還躊躇不前。

現在就去他家，將心意表達出來……然後修成正果。

我明白那正是自己要的，就算這樣……不知道為什麼，我卻無法想像那樣的結果會讓自己達到「幸福巔峰」。

回想在旅館的那一夜。

當時，我確實想跟吉田「成其好事」。我深切體會到，自己的身體想要他。

即使如此，我還是迴避了明確表達「喜歡」的做法。

當時，我認為那是出於害羞。事後再重新回顧，自己用的手段之卑鄙，便讓我感到唾棄了。

不過……真的只有因為那樣嗎？

倘若如此，我真的不懂在幾乎已經下定決心的此刻，為什麼自己還會抗拒向他表明心意。

結果明顯可見。只要我鼓起勇氣表明喜歡他，他就會做出回應才對。再怎麼說，我也不至於對結局如此明瞭的事情畏首畏尾……

思考到這裡，我恍然大悟了。

結局。

這個詞，讓我心裡產生了不舒服的疙瘩。

轉變的景色自車窗外飛馳而過。

將焦點定在窗上貼的告示，流過的景色只會從眼前迅速流逝……然而將目光意識於

每一幕景色，就能對其產生片刻的認知。

簡直像時光流轉一樣，我心想。

於是，我察覺到了。

跟吉田之間的戀愛長跑。唯獨我曉得他對我有好感的漫長期間。還有，此時此刻，雙方明白彼此的心意，正要緩緩互相趨近的期間。

在這兩者之間，僅有一項「被排除在外的事物」。

我微微發出了嘆息。

果然……即使目前對方已經「不在了」，或許我在內心的某處，仍然意識著她。

沙優。

如字面所示，我曾一度……決定「暫緩」與吉田成為男女關係。

那是出於我醜陋的處世之道，因為我害怕自己跟他的舒適關係會因而毀掉。

而且，那樣的選擇使我後悔了。

因為在他的生活中，突然出現了「沙優」這個特殊的存在。

吉田與沙優認識以後，就變了。

「除工作之外無法對他人有所貢獻」的說法彷彿成了謊言，他為了拯救沙優而東奔西走。本來跟自己人生理應毫無關係的女孩，被他當成自己的小孩一樣疼愛，還送對方回到了原本生活的環境。

得知吉田把沙優留在家裡時，我曾感到不安。

我就怕，他心裡那股類似「監護者」的感情……會在不知不覺間演變成「愛」——我也想過，或許那樣的轉變已經實際發生了——再進一步轉化成「戀愛」。

而且……那樣的變化，感覺在沙優心中早就已經發生了。儘管她一直到最後都沒有說出口……但是，她八成是喜歡吉田的。

那是當然的。我就曾經傾心於鈴木先生——儘管事到如今，要說那能否算是真正的戀愛感情，我也會抱持疑問——跟那段往事一樣……有個誠懇的大人願意幫助自己逃離無奈的現狀，要她不喜歡上對方還比較困難。

我仔細回想關於沙優的事。

她曾煩惱、痛苦過。自覺到自己一直在逃避根本上的煩惱，卻又無法不予解決就回直接回家。她一直在煩惱生而為人，自己要如何立身。

我曾把那樣的她，跟自己高中時的經歷重疊在一起，還試著擺出大人般的臉孔向她說教……然而，我也察覺到了。

她跟我不同。

她一直……都在面對煩惱，還有自己。肯定也是因為有吉田在，才讓她辦到的吧。

但就算這樣，她也已經停止逃避了。

她承受了所有煩惱與痛苦，到最後，與吉田一起提出了答案。

那跟審視過自己，結果放棄了一切的我，完完全全不同。

既然如此。

她重新找到了自我，對這段戀情，會不會並未放棄呢？我想到了這一點。

沙優會不會再次出現在吉田的面前？下次出現……她將變得比之前更「成熟」。

我鮮明地回想起之前對三島說過的話。

『即使扭曲了原本應有的模樣，時間一久也只會打回原形罷了。』

感覺上，我總算明確地理解自己的心情了。

簡而言之……那句話代表了一切。

即使我明白吉田的心意跟自己相同……還有，即使我們「目前」修成了正果……我依舊無法相信……那就是屬於我們的「結局」。

將來，要是有沙優或者其他人出現在吉田面前，便會讓他改變。而且，那樣一來，結果他就會從我身邊離去。

因為我無法拋開那種負面的預感……所以，才一直鼓不起勇氣。

回神之後，下一站已經是離吉田家最近的車站了。

一思考事情，時間經過便是轉眼間的事。

電車一邊廣播離他家最近的車站名稱，一邊逐步減速。

……不下車，是不是也可以呢？

我如此心想。

果然，不去找他會不會比較好？

他說過願意等我。既然這樣，我先確認沙優不會在他面前出現，再向他告白會不會比較好？

不過，那要等到什麼時候呢？我並不曉得她回來這裡，會是在高中畢業以後，還是大學畢業以後。

要是等那麼久，或許他真的就會變心。

『果然…………妳還是不肯明說。』

吉田那狀似落寞的微笑，使我回想起來。

沒錯……假如我一直都不表達心意，便會持續傷害到他。

我明白。

但是……假如讓他變心的契機，就是他自己的新戀情，那是不是也無妨呢？

那樣的話，我便不需要放開自己以為一度到手的東西而受傷。

他也可以擁抱新戀情，幸福地活下去。

那不就好了嗎？

人都會變，逐漸有所改變。

害怕那種改變的我，沒有資格置身於那樣的流程中。

電車停下，車門打開了。

我沒辦法站起身。

在月台那邊，有廣播聲響起。

『車門即將關閉。請旅客不要趕著上車。』

只要照這樣……等到車門關上。

我就可以落得輕鬆。

我又能放棄一切……委身於什麼都不用改變的甜蜜「暫緩」……

「………唔。」

回神後，我已經站起身，拔腿跑去。

鑽過即將關上的車門。

趕到月台後，走在眼前的男子驚恐拋來了驚恐的眼神。

「呼……呼……！」

我正在喘氣。

不是因為跑步的關係。是因為我在害怕。

人都會變，我如此心想。

沒變的只有我而已。

是的，大家都變了。

吉田、沙優、三島……還有神田，肯定都有改變。

在人生中碰壁，與人結識，在那樣的過程中時有所得，時而放棄……如此反覆後，便慢慢有了改變。

只有我，背對了那一切，想著要逃避。

我一邊拒絕改變，一邊只顧獲得自己想要的東西……這是多麼傲慢，又多麼愚蠢的事。

吉田說過，他願意等我。那是他用自己的方式，在表達他肯接納我的意願。

我感激他那樣的心意，卻又帶著從容的臉孔在旁靜觀……打著有把握就手到擒來，沒把握就靜靜地離去的念頭。

既狡猾又膽小……太令人討厭了。

我想改變。

我應該改變。

我才是……非改變不可的人。

我的不安並不會消失。之後，沙優肯定會回來。我有把握。

不過……就算是那樣好了。

保持沉默直到確認結果的做法……跟以往的我毫無不同。

我認為，自己應該向吉田坦承真正的心思，連醜陋的部分也要統統坦承，繼而跟他一起……面對之後的現實。

身體抖了起來。

我會怕。我如此感覺到。

但是……我不想再逃避了。

我強烈地這麼認為。

第11話 成果

門鈴在快要過晚上十點的時候突然響起，我的身體不禁蹦了起來。

因為我正在上網，於是靜靜地闔上了筆記型電腦。

這種時候會有人按門鈴，假如沒搞錯地方，還連按好幾次的話恐怕就是麻美了。

默默等待幾秒後，門鈴又響了一次。

我嘆了口氣，從床上撐起身體。

她的父母大概又吵架了吧。那樣的話也不得已。但既然彼此都交換過聯絡方式了，我會希望她先傳個訊息過來。

「來了來了！」

我一邊大聲應門，一邊把腳伸進玄關所擺的涼鞋。

「我說啊，起碼事先聯絡一聲——」

我完全認定是麻美來訪才開門說給她聽的，所以看見站在那裡的人物就語塞了。

「啊……咦…………？」

「晚……晚安。對不起喔？在這種時間突然過來找你……」

站在門前的是後藤小姐。

她穿著套裝，因此大概是直接從公司過來的吧……不，那樣的話時間未免太晚……

我感到一陣混亂，嘴巴只能開開闔闔地講不出話。

後藤小姐看了我的反應，也不安地瑟縮起來。

「啊……那個…………總之先請進吧。畢竟外頭很冷。」

「謝、謝謝……打擾你了。」

我一邊感到尷尬，一邊將後藤小姐迎進玄關，然後關上門。

「家裡挺亂的就是了……」

「別在意。是我突然來找你，對不起。」

我迅速脫掉涼鞋，早一步回到了起居間。

雜亂擺放在桌上的東西被我拿起來往房間邊緣靠齊。

後藤小姐狀似有些緊張地脫了鞋。

可以知覺到心臟正在怦怦猛挑。

她在這種時間突然跑來，會有什麼事情呢……我如此思索。但即使不用多深思，也能曉得事態非比尋常。

前天，結果我在旅館跟她什麼都沒做就過完一晚；昨天，我則表示過「無論多久都願意等」才對。

很難想像才經過一天，她就來找我談這件事。

但是……反過來說，除了談這件事之外，我也想不出她有什麼理由要到我家。

當我東想西想地只管先將桌面上整理乾淨並且回頭後，就發現後藤小姐正站在走廊望著我這邊。

「啊！請進請進……妳要喝茶或什麼嗎？」

「呵呵，不用費心。」

後藤小姐仍顯得緊張，不過臉上總算露出了淺淺的微笑。

目睹後藤小姐坐到桌前，我才從餐具櫃拿出杯子，然後為她倒了放在一旁冰箱裡的麥茶。家裡只端得出這種東西實在令人汗顏……話雖如此，都不做招待也嫌失禮吧。

我姑且也準備了自己的茶……並且坐到後藤小姐的面前。

把茶擱到桌上之後——

「所以說……呃……怎麼了嗎？」

我一問，她的整張臉上終於流露出緊張感，連帶使我也跟著緊張。

後藤小姐下定決心似的盯著我的眼睛，然後說道：

「我是想……重新為前天的事向你道歉。」

被她那麼一說，我不由得愣住。

什麼嘛，原來是這樣嗎……我如此心想。

「呃，不用啦……我又沒有放在心上……」

「對不起，我傷到了你。」

「咦……哪的話……」

後藤小姐恭敬地低了頭，豔麗側髮隨之下垂。

突然被身為上司、較自己年長、又是自己懷有憧憬的女性這樣低頭賠罪，讓我不知所措。

「請、請把頭抬起來！我沒有那麼介意啦！」

要說我不介意……是騙人的。

坦白講，那一晚的事，讓我覺得情何以堪。

被她那樣示好，我內心充滿期待，結果她卻不肯把話語說出口……況且，我也為了這一點賭氣，於是錯失了最大的機會。

像昨天晚上，我就悶悶不樂地想著：「當時直接抱她的話，現在我們已經交往了吧。」

但……我並不覺得後悔。

我還是認為，由後藤小姐主動表達心意，對於我跟她的今後來說，將是舉足輕重的一件事。

光懷有憧憬是不行的。

所以從這層意義而言……或許我要說「介意歸介意，但是並沒有生妳的氣」才對。失望的心理固然有……不過，我依舊是以自己的固執為優先，還害她因而蒙羞，根本沒有權利生氣。

這算是彼此彼此。

後藤小姐緩緩抬起頭，並且惆悵似的微笑。

「你很溫柔，所以才肯這麼說。但是，我反省過了。」

「……」

我不知道該怎麼回話，因而沉默下來。

她默默朝那樣的我凝望了幾秒。

然後，她徐徐地告訴我：

「今天……我是來向你表達自己的心意的。」

後藤小姐所說的話，讓我的心臟怦然一跳。胸口甚至覺得會痛。

「呃……我……」

我緊張得支支吾吾。反觀後藤小姐狀似緊張，卻也有幾分沉著。

「可不可以……讓我到你那邊？」

「咦……妳是指……來我的旁邊嗎？」

我緊張地問道。而後藤小姐點頭。

接著，她在我回答之前就站了起來，隨即重新坐到我身旁。

心跳越來越快，我壓抑不住。

我偷偷瞥向後藤小姐，結果發現明明是她主動靠近的，此刻卻顯得不知該如何是好。她臉頰發紅，呼吸看起來也有些急促。

當我們默默地並肩坐了一陣子以後，她的左手就滑溜地疊到了我的右手。接著，我的手便這麼被緊緊地握起。

我訝異地看向後藤小姐那邊，她卻垂下目光，做了深呼吸。

「啊……」

後藤小姐在旁邊冒出了發抖的聲音。

她抬起視線，並與我目光交接。

「即使來到這一步，我還是……會害怕付諸言語呢。」

後藤小姐這麼說完，生硬地笑了。

「所以……讓我取巧一下吧。」

「咦？」

在我發出糊塗聲音的同時，後藤小姐的臉就朝我急速接近。

當我還不懂發生了什麼之際——

嘴唇已經與後藤小姐的嘴唇交疊在一起。

她的嘴唇柔軟無比，大概是因為塗了護唇膏，表面細緻滑嫩。而且，還有一點……酒的氣味。

我懂了，她是喝過酒才來的，所以這麼晚還……思索這些未免太不符現場氣氛。

過了幾秒，或者幾十秒。

我與後藤小姐依舊嘴唇交疊，都沒有動彈。應該說，我動不了。

只聽得見心臟的聲音。原來脈搏可以這麼快嗎？我心想。

當後藤小姐總算將嘴唇挪開以後，她的臉就在我眼前。

目光於極近距離內交會……她用了細細的、微微的聲音告訴我。

「吉田……我，喜歡你……」

霎時間，我有種全身忽地熱了起來的感覺。

啊，終於。腦海中只有這樣的情緒。

我還來不及從心坎裡拿出什麼具體的想法或言語，身體就先行動了。

「嗯……！」

這次，換成我主動與後藤小姐嘴唇交疊。

比起剛才的突然一吻更具官能感。我好像體會到了來自她嘴唇的一切觸感。

臉孔挪開以後，我也望著後藤小姐的眼睛，並且告訴她：

「後藤小姐，我也喜歡妳。我一直……都喜歡著妳。」

我這麼說完以後，後藤小姐就眨了好幾次眼睛，臉色也變得更加通紅。

緊接著，她嘆息似的說：

「嗯，我曉得……」

隨後，她並沒有展露一如往常的從容笑意……而是擺出了分外笨拙的笑容。

「遲了這麼久，對不起。」

聽見那句話，我的心……面對突然發生的狀況，這才有種跟上現實的感覺。

是的，她總算主動向我告白了。

既然如此——

「那麼，後藤小姐……請妳跟我交……」

「等、等一下。」

後藤小姐打斷我的話。我愣了一愣，並且「咦……」地發出疑惑的聲音。

她看見我臉上表情的變化，狀似慌張地橫向揮了揮手。

「不、不是的！呃……吉田，我也有那樣的意思。不過……在那之前，我希望你能聽我說。」

「妳、妳請說吧……」

老實講，我並不是沒有「妳還要逼人焦急嗎？」的想法……然而後藤小姐的神情是認真的。既然這對她來說是重要的事，我除了認真傾聽之外也別無他法。

我把身體轉向後藤小姐那邊，擺出了聽她訴說的態勢。

後藤小姐先是嘀咕：「謝謝……」才開始說道：

「……吉田，我一直都看著你。從你進公司以後，就一直看著。」

後藤小姐像在回憶往事地一邊瞇眼，一邊這麼道來。

「你為人正經，而且勤快……對於公司來說，你真的是值得感激的存在。不過與此同時，幹部們都曾擔心……你比其他人勤快太多了。我也包含在內。」

「原、原來有這麼一回事啊……？」

「有喔。我不是勸過好幾次嗎？說你勤快過頭了。但是你只會堅稱『不要緊』……所以，我只好邀你吃飯，硬是帶你從公司離開。」

被她一說，我冒了冷汗。

「……原來是這樣啊。」

長年來的疑問獲得解決，而且還跟自己想像的答案截然不同，讓我心生羞愧。

因為我都沒有看過後藤小姐單獨找其他員工吃飯。

所以，我一直懷著期待，心想她是不是特別青睞我。

被憧憬的女性如此對待……憧憬轉變為期待，期待變成了戀慕。

然而現實卻不是那麼一回事。因為我勤快過頭，後藤小姐只是為了予以打斷，才會帶我出去吃飯。

「呵呵，你別露出那種臉。起初的理由確實只有那樣。不過……在如此邀你吃飯的過程中，我也喜歡上你了。比如你會自然地對人體貼，又不會把理想加強在我身上……諸如此類，我發現你有許多迷人之處。」

就這樣，後藤小姐慢慢地向我談起了近六年的這段時光。

而且……還穿插了她本身遠在進公司之前的往事。

她有段缺乏主見的高中生活，還煩惱過自己與一名叫岸田的同班同學之間的差異。更驚人的是，據說她也在高中時一度離家出走。她對離家出走後仍沒有任何成長的自己感到傻眼，從那時候起就變得對自己沒有任何期許。在大學交到了男友。明明有了男友卻毫無情侶般的互動……結果，雙方就那麼分手了。後來大學時期的朋友，找了她一起成立公司。

經歷過那一切之後……她遇見了我。

「儘管受到你吸引……我卻沒能改變自己的處世之道。我永遠都處於被動，比起主動爭取些什麼，我更害怕自己會失去些什麼，所以……之前我無法接受你的告白。」

後藤小姐懊悔似的這麼告訴我。

「我會怕，我怕好不容易跟你累積起來的關係，會隨之瓦解。」

原本我一直都默默地聽著後藤小姐訴說……直到此時才開口回話。

「呃，妳說會害怕瓦解……可是我喜歡妳啊。然後妳也喜歡我，對吧？假設當時我們就那樣交往了，究竟有什麼部分會因而瓦解？」

聽我拋出自心頭浮現的單純疑問，後藤小姐靜靜點了頭，然後回答：

「我希望求得安心。當時我對自己是缺乏自信的……不對，到現在也依舊如此……所以說，即使我們就那樣交往了……我仍然會擔心，將來彼此有沒有可能演變成分手。

因此，我才想要測試，即使一度拒絕你，你是不是還肯喜歡我……我做出的選擇實在太差勁了。對不起。」

「呃……唔嗯～」

即使對方向我低頭賠罪，我也不知道該怎麼回話。要說「這種事不用道歉」感覺也不太對勁，何況事到如今我又沒有責怪她的意思。

「可是……可是呢……」

後藤小姐的目光碎動起來，那似乎是她在拚命摸索措辭的表情。

「後來我覺得……當時沒有答應跟你交往，並不是錯的……到現在，我依然這麼認為。」

「…………咦？」

後藤小姐說的話讓我無言以對。

明明才剛被她吻過，還聽見了告白。

如今她卻說出這種話，我只覺得困惑。「到現在依然這麼認為」這句話，讓我的胸口一陣刺痛。

那麼，剛才的告白是？

當時她拒絕我，這次，她直接了當地告白了。難道說，當時與現在有什麼不同？

我等著她繼續把話說下去。

後藤小姐抬起視線，並且凝望我。

接著……她徐徐地開了口。

「因為，你遇見了沙優。」

「……沙優？」

意想不到的名字從她口中冒出，讓我愣住了。

為什麼那個名字會在這時候出現？

「遇見沙優之後，你變了。原本只顧工作又連連加班的你，開始變得每天準時下班回家……」

「呃，那是因為……」

「你單純是想幫助沙優對吧？我了解。你對沙優做的行動，我並不打算跟戀愛串在一起討論。」

「既然如此，為什麼——」

我所說的話停在「為什麼」，然後便沒有下文。

後藤小姐淺淺微笑，並且緩緩地搖頭。

接著，她用明確的語氣說道：

「你呢，救了一個曾經對立身處世迷惘的女孩子喔。或許你始終都抱持著監護者的心態……但是，女孩子那邊又如何呢？」

被後藤小姐直言問道，我大為動搖。

沒錯。沙優在離別之際……曾經在機場說過她喜歡我。我明白，那是包含著戀愛情感的一句話。

後藤小姐見我視線亂飄，就從鼻子哼了哼聲。

「……那個女生有向你表達心意，對吧。」

「呃，要說的話…………是的。」

「你是怎麼回答她的？」

「……我是說，我對小鬼頭沒有興趣。」

我這麼回答後，後藤小姐嘻嘻笑了笑，然後說道：

「既然如此，她肯定會這樣想吧──『等我成為大人，或許就有機會了』。」

聽了她所說的話，我不禁目瞪口呆。

因為那跟沙優當時說過的話，意思非常相近。

「看來她也對你說過吧？」

後藤小姐偏過頭。我什麼也沒有回答，但是那已經等同於承認了。

後藤小姐惆悵似的微笑，並且點頭。

「那樣的話……吉田，沙優肯定還會來見你喔。」

「……那只是一時的感情啊。她在同年齡層的人看來，肯定既成熟又富有魅力……她會在更近的地方找到新戀情才對。」

我這麼表示。旁邊的後藤小姐沒有回話。

我不解地望向身旁，發現後藤小姐正對我投以責備的目光。

「怎、怎麼了嗎……」

「誰教你要說那種奇怪的話。」

「咦咦……？」

我說那些話都是認真的。

在我眼中，沙優還是個小孩，並沒有辦法把她當成戀愛對象看待，但是從她偶爾露出的表情，卻能感受到成熟的氣息。在同年齡的男生眼中，那肯定是令人心動的……有行動力的男生，應該就會向她告白吧。

上了大學，沙優便會有新的人際關係，也會遇見比我更好的男人，並展開新的戀愛才對。

然而，後藤小姐卻搖搖頭。

「吉田，為什麼你能像那樣斷言？」

「呃，畢竟……她跟我一起相處了半年之久……應該說，我在她身邊待得太久了，所以她會把那份感情誤認為戀愛，我覺得就只是如此而已。」

「假設是那樣，你有什麼想法？」

「所以說……等她在身邊認識同年齡層的男生，一起相處過以後，我想她就會展開新的戀愛了吧……」

「明明在沙優的心裡，已經有你這個人了耶？」

後藤小姐這麼說，讓我一瞬間失去了話語。

「呃，就算那樣……只要等時間經過……環境也改變的話……」

「吉田，你即使遇見沙優、遇見三島，對我的心意也都沒有改變過吧？為什麼你就能斷定沙優不是那樣呢？」

「…………」

我變得完全無話可回了。

的確……我思慕後藤小姐，持續了近六年的時間。

當中根本沒什麼理由。

明明她那種引人遐思的態度，還有想把一切委由我決定的特質都曾經惹惱過我……

即使如此，我還是喜歡她。

要打從心裡討厭一度喜歡上的人，對我而言是件困難的事。

「吉田，沙優跟我不同。雖然幫助她振作的人肯定是你……即使如此，她仍在最後自己決定要回家。讀高中的女生接納了自己一度逃離的環境，決定要面對現實。就算是大人……也未必能辦到這種事。換作是我……肯定辦不到。」

後藤小姐說到這裡，就望向了我的眼睛。

「沙優是個心靈堅強的女生。一旦打定主意，她就撐得住。」

「妳說的那些，我也曉得啊…………」

我了解。我一直都在旁邊看著。

過去的沙優……只是遇人不淑罷了。過去她遇見的盡是想占便宜的大人，才讓自己陷入了泥沼。

她逃避了沒辦法獨自處理的問題……連要怎麼面對都不懂，又受到所有遇見的大人傷害……所以只能繼續逃避。

不過，她是個一旦做出覺悟，就能擠出勇氣面對現實的孩子。

我明明知道沙優是那樣的人……卻唯獨在戀愛這方面，沒有深思過她的心靈有多麼堅定……肯定是因為當中強烈蘊含著我的期盼吧。

我希望……沙優能成為健全的大人。

我希望她能談一段與年紀相符的戀愛，掌握理所當然的幸福。

既然她好不容易回到原本的生活，還能過得比以前更好……我便不希望她把心思逗留在我這樣的人身上。

「吉田……你是怎麼想的呢？」

後藤小姐問道。

我聽得出她的言外之意。但是——

「我說過，對於沙優這個女生……」

我才沒有把她當成戀愛對象看待。

後藤小姐一邊搖頭，一邊攔阻我把話如此說完……

「吉田，你就不會想跟沙優再見一面嗎？」

她問道。

我的腦海，變成空白一片。

「咦………」

我微微地發出驚呼，並且為之語塞。而後藤小姐神色認真地望著我。

「怎麼樣呢？」

被她叮囑似的這麼問，我——

「……那還用問……要說的話……」

我只能吐露自己坦然的想法。

「我當然……會想見她啊。」

聽見我這麼回答，後藤小姐溫和地微微笑了笑。

「就是嘛，你當然會想見她。」

「……是的。我想看看……她長大以後的模樣。因為看她長大，就是我的期望。」

與母親錯失彼此，又失去好友，忍不住逃離之後……沙優便一路在磨耗某些寶貴的東西。

因為逐漸走偏的關係，她失去了「正常的生活」，我想要把那還給她。我希望她能擁有覺得那是理所當然的人生。

所以……我會想要看她長大以後的模樣……好讓自己安心。

但我已經認定自己不會再跟沙優見面了。

我認為那樣會比較自然。

但如果那一切都是我想錯了………我會想跟她再見一面。

我想跟沙優再見一面，聽她在跟我分開後過著什麼樣的生活？有了什麼樣的成長？我想聽她談那些。

後藤小姐的手，與我的手交疊在一起。

「或許……成長後的沙優，會非常有魅力喔？」

她那句話惹毛了我的心。

我不禁扯開嗓門。

「我自始至終都只是想見證她好好長大的模樣而已！」

「但是，你能想像嗎？想像再次跟沙優見面，目睹她已經變得比記憶中更為成熟時的狀況。想像有如此迷人的女生再一次來追求你，還在你耳邊細語訴愛時的情形。」

「那、那種事情……」

即使我試著照後藤小姐說的去想像……

腦海裡浮現的也盡是她「憨笑」的模樣。

「我不知道啦………」

彷彿從心坎裡硬是吐出大團鬱氣，我如此說道。

「對吧？所以嘍……」

後藤小姐偏了頭，好似要窺探我的眼神。

她溫柔地微笑著……在她眼裡，卻好像凝聚了某種強烈的意志。

「吉田……我希望你能好好想想。想過以後……再來做選擇。」

「選擇……？」

「沒錯。你想就這樣跟我交往……或者，跟沙優——」

「請妳等一下！」

我認為，事情果真跳得太遠了。

此刻在我眼前的是後藤小姐。

我想要跟沙優再見一面是事實。但即使如此，若要假設彼此重逢以後，我就會立刻迷上她，那問題根本沒完沒了。

「後藤小姐，我喜歡的是妳！跟妳開始交往以後，我就不可能變心到其他人身上！無論對方是誰都一樣！」

我大聲地這麼表態。而後藤小姐用了難以言喻的表情望著我。

「後藤小姐，妳就那麼信不過我嗎！」

我這麼說，使得後藤小姐搖了頭。

「不是的……如果我讓你有那種感覺，對不起。並不是那樣的。」

後藤小姐這麼告訴我，並且惆悵似的垂下目光。

「吉田，我相信你。之前我做了那麼過分的事，對於一個仍然願意喜歡我的人……我怎麼可能信不過？」

「那麼，妳為什麼還……」

「我這個人呢——」

後藤小姐打斷我的話，然後，她用了沉靜而又澄澈的嗓音告訴我：

「說到底………還是比較喜歡順應自然。」

「順應自然？」

「沒錯。吉田……假如說，你現在開始跟我交往，在這之後，感覺你就會一直……只愛我這個人。」

「這是當然的。」

「呵呵，我想也是……正因為如此，我才不想霸占你內心的軟處。」

後藤小姐一邊這麼說，一邊把頭靠到了我的肩膀。

「吉田，無論我對你的情意增長得再多……無論我從你那裡感受到再多的情意，我還是一直都有異樣感。起初，我以為那是因為自己膽小，因為自己不管怎麼樣都無法主動，才會有那樣的感覺。不過，我現在發現，大概並不是那麼一回事。」

肩膀與頭相觸。每當她開口講話，我就會覺得字音透過身體傳到了心裡。

「我呢……希望被你當成唯一的對象……被你當成除此以外，絕不可能再作他想的人來愛。」

唯一的對象，除此之外絕不可能再作他想的人。

我認為，後藤小姐對我而言就是這樣的人。

儘管我想這麼說……卻也隱約感覺到，此刻自己陳述的字句，對後藤小姐來說應該不具那樣的價值。

「我覺得這是任性。不過，那就是我想要的。萬一沙優來見你，目睹她變得比以前還要成熟，希望到時候你能讓我再問一次：她對你來說是什麼人？除了沙優之外，只要有迷人的女性在你面前出現，我都會希望你拿我跟她們所有人做比較。」

後藤小姐靜靜地如此說道。

光是聽那樣的聲音，我也體會到那些話在她心裡有多麼重要、多麼無可動搖。

「然後……如果你還是打從心底……覺得除我以外不作他想……」

後藤小姐這麼說完，就從我的肩膀上緩緩抬起頭，將眼睛轉向了我。

她的眼睛注視著我的兩眼，目光正在閃爍。含情脈脈的那一雙眼睛，盪漾著懇切的光彩。

「吉田，我發誓……到時候，我就會跟你在一起。」

後藤小姐用了發著抖，卻又毅然的嗓音，這麼告訴我。

我有好一陣子……都望著她的眼睛，並且沉默不語。

坦白講……要說我是否理解她所有的想法，答案是否定的。

假如可以說些耍任性的話……我會想說……既然我們喜歡彼此，現在立刻交往不就好了嗎？

但是──

後藤小姐她……總算對我揭露了所有的心思。

首先，我認為自己應該珍惜這一點。

表達雙方的想法，相互磨合，然後趨近彼此。

只有反覆這套過程，人與人才能建立關係。

「……換句話說──」

我刻意當著她的面擺出苦笑。

「我又得繼續等才行嘍？」

我這麼一說，後藤小姐頓時睜圓眼睛，然後噗哧笑了出來。

「啊哈……………！嗯……或許，就是你說的那樣……」

「哈哈哈！唉………妳真是個狠心的人。」

「對不起。」

「不用道歉啦，我已經等習慣了。」

我笑著這麼回答，然後……瞇起眼睛。

「不過……也不知道沙優是不是真的會來。就算她會來，也不知道是什麼時候……

我究竟要等到什麼時候才行呢？」

我這麼嘀咕，後藤小姐就微微發出了一聲「哎呀」。

「吉田，我已經想像到嘍。」

「咦？」

由於後藤小姐若無其事地這麼說，我發出了糊塗的聲音。

後藤小姐側眼看向我，並且咧嘴一笑。

「照我看，她在今年春天就會來見你吧。」

「咦咦……會不會太快啊？倒不如說，為什麼？」

「畢竟她下個月就要從高中畢業了吧。」

聽對方一說，我「啊……」地發出驚嘆。

對喔，已經到了這個時期。

「呃，就算那樣，她還得顧及大學吧。」

我這麼說道，後藤小姐就刻意咂舌發出「嘖嘖嘖」的聲音，還搖了搖食指。

「要念大學或者求職……端看她的決定。但不管怎樣，她在春天一定會來喔。」

「為什麼妳能講得那麼有把握？」

「因為即使沙優回去了，肯定也一直都想著要跟你再見一面吧？」

「誰能說得準——」

「絕對是那樣的。而且，我敢說她都是一邊惦記著好想見你～好想見你～一邊度過高中生活的。等到順利畢業以後，就會來向你聲明『我已經不是小孩了』。」

後藤小姐用斷定的語氣這麼告訴我。

接著，她有些羞赧地笑了笑——

「假如我有行動力，又有人讓我喜歡到無法自拔……肯定就會那麼做。」

並且這麼說道。

聽到那些話，我不由得表情扭曲。

「妳說的這些，未免存在太多**假設**了……」

我如此說道，後藤小姐便憤慨似的橫眉豎目地捶起我的肩膀。

「沒禮貌！我說的可是事實耶！」

後藤小姐使勁在我的肩膀上捶了幾下，然後「唉～……」地嘆了一聲，接著又把頭靠在我的肩膀。

「嗯……不過，如你所說……假如她在春天沒有來……就實在猜不到她什麼時候會來了。」

「……對啊。」

「所以，你能不能先等到春天？」

「咦？」

後藤小姐緊緊握了我的手，並且說道：

「等到春天，要是沙優沒有來的話……我就不再跟你耍任性了。我會下定決心……向你再告白一次，然後要你跟我交往。」

「……真的嗎？」

「嗯。這是約定。開始交往以後……我什麼都肯為你做。只要是你想要的，我一律答應。」

「什……什麼都可以嗎……？」

「嗯，什麼都可以。」

後藤小姐嘻嘻笑了笑，並且依舊把頭貼著我的肩膀，朝這裡看了過來。

「你想做什麼都可以喔？」

「呃，好的……」

「呵呵，你在想色色的事情對吧。」

「我當然會想啊！！！」

「啊哈哈，說得也對。嗯……」

我們的對話到這裡就中斷了。

不能立刻交往……老實說，很令人遺憾。

但是……我覺得，彼此的關係在今天可以說有了確實的進展。

後藤小姐總算揭露了內心的一切，即使稱不上一切，對此我也可以信服了。

既然這樣……我所能做的，就只有等待而已。

而且……萬一沙優真的來見我……我便必須好好面對她。

儘管我還是無法具體想像，屆時會是什麼情形……

對我而言，沙優是什麼樣的存在呢？關於這一點……我也希望自己能懷有確切的答案。

可是……

可是呢——

「我說，後藤小姐……」

「嗯？」

我開口以後，後藤小姐就微微轉頭看了我。

我一邊擺出為難的臉色，一邊瞥向她。

「那個……換句話說，明明我們倆都知道彼此情投意合……卻還要……在許多方面……多忍耐兩個月左右才可以嗎？」

「你說的許多方面是指？」

後藤小姐一邊嘻嘻笑，一邊探頭望向我的眼睛。

妳這是明知故問嘛，我心想。

「許多方面就是許多方面！」

「呵呵，比如接吻？」

「是的……」

「還有上床？」

「……是的……」

「對呀。要忍耐。」

「……………我想也是。」

後藤小姐看我掩飾不住自己的失望，就再度嘻嘻笑了起來。

接著，她用力把頭貼向我的肩膀。

「……你可別以為在忍耐的都只有自己喔。」

「……咦？」

後藤小姐說的話讓我太過驚訝，還猛然一怔看向她那邊。

儘管後藤小姐露骨地低了頭，耳朵卻已經變得通紅。

「所以說……」

後藤小姐低聲告訴我：

「我也一樣……想要啊。在許多方面……」

我全身熱了起來。

因為我想都沒有想像過後藤小姐會這麼說，於是在感到驚訝的同時，興奮得連自己都嚇了一跳。

可是，我要忍耐、忍耐……

我設法靠理性，忍住了想直接擁她入懷的衝動。

理應是這樣的。

後藤小姐卻悄悄地抬起臉，並且望向我。

「那麼……要不要先把這個……當作結尾？」

「……耶？」

在我發出迷糊聲音的同時，後藤小姐的頭就朝我急速接近了。

隨後，雙方嘴唇交疊。

我大吃一驚。

後藤小姐溫柔地，卻又顯得不由分說地，把嘴唇湊了過來。

我也照著配合。

時而縱向，時而橫向。我們改變了好幾次角度……熱衷於這一吻。

嘴唇彼此交疊，經過數十秒，才緩緩地離開。

我在近距離之內，與後藤小姐目光交接。

迷茫的眼睛正望著我。

「再一下下……」

後藤小姐用沙啞的聲音這麼說完後，又把嘴唇湊了過來。

後來，我們朝彼此細語了好幾次「再一下下」，並且相吻了長長的一段時間。

令我訝異的是……光靠這個吻，感覺內心似乎就獲得了滿足。

我並沒有湧上想直接推倒她的情緒。

光是嘴唇交疊，就已經滿足了。

這樣啊……六年來，我都思慕著同一個人。

而且，我終於……跟她接吻了。

我感慨萬千地這麼想著。

第12話 開始

從我向吉田告白以後，過了兩個月。

那天晚上，我向他揭露了內心的一切，後來就失去理智似的擁吻……

之後，我們遵守著彼此的約定……跟以往一樣，保持在下班後偶爾會一起去吃飯的關係。

吉田真的很會自然地表示體貼，以「彼此情投意合」為前提的話題，他完全都沒有向我提到過。我想他也明白，持續談那種話題，我們便會變得像情侶一樣。

假如氣氛變成那樣，會連暫緩決定的做法都失去意義。

長年來，我都以為他是「相當遲鈍的人」……然而，那樣的認知大概並不正確。

我想，吉田只是從根本上欠缺「自己會被人喜歡」的觀念。反過來說，他對於男女感情以外的事情就相當靈光，也懂得替人著想。

在揭曉一切以後，跟那樣的他相處，是十分快樂的。

彼此溝通不用煩惱目前的關係，讓我覺得很輕鬆，因為只要樂在享受跟他的對話就行了。

度過了既讓人焦急而又甜蜜的兩個月……春天總算來到。

街上可見櫻瓣飛舞。

溫暖的好天氣一日又一日地持續著，在這樣的生活當中——

我以莫名安穩的心情……等待著那一刻。

*

四月第二週的星期六。

由於溫度節節回升，我開始想添購新的春裝了。

難得神清氣爽地起床，我從上午就決定悠哉地做個打扮，然後上街買衣服。

前往服飾店時……有件事讓我感到有些難辦。

為了去買衣服，必須穿一套合宜的服裝。

某種程度上要顯得成熟，又不至於讓人覺得用心過頭的服裝……要將服飾拿捏得當實在是一項麻煩的作業。

在我念念有詞地挑好衣服、化完妝……總算準備齊全以後，已經快要中午了。

買完衣服，就順便在外頭吃個午餐吧。我一邊如此心想，一邊離開家裡。

鎖上玄關門，按下電梯的按鈕。

今天天空同樣晴朗無雲，公寓旁的小公園裡有孩子們到處奔跑。

真是個舒心的假日……我一邊感慨地這麼想，一邊搭上電梯。

在轉眼間抵達大廳以後，再穿過自動門……

當我一邊感受著假日不忘外出的小小充實感，一邊走了幾步以後——

只見在公寓旁的街道一隅，有個年輕女子站在那裡。

明明我平時根本不會去介意站在路旁的人……視線卻被那個女子吸了過去。

她在薄料的連身白洋裝外面，披了件褐色的針織衫。簡樸的衣著打扮，卻有種說不出的高雅。

我「啊……」地倒抽了一口氣。

原本她的目光都落在手機螢幕上，卻好像注意到了我的視線，因而抬起臉。

只見她頓時臉色一亮。

「後藤小姐！」

這麼說著揮起手的她……果然，跟記憶中的模樣已經不同了。

在柔和的氣質中，多了一滴成熟魅力。

而且……她還有張無比放鬆的可愛笑容。

明明直到前陣子，對方還是女高中生呢。

儘管心裡這麼想著……我卻也自然地笑逐顏開了。

我揮著手快步接近對方……然後，給了她一個緊緊的擁抱。

她似乎有點訝異，卻立刻把手繞到了我的背後。

「……好久不見了。」

她流露著即使不看臉也能認出的喜悅之色，並且低聲如此說道。

我也跟著一邊點頭，一邊撫摸她的背。

「是啊……真的好久不見。」

我緩緩放開她的身體。

然後，我注視著眼前這個「有變得成熟一點」的女孩子。

「妳變漂亮了呢……沙優。」

我這麼一說，沙優就害羞似的呵呵笑了起來。

果不其然，沙優她來了。

正如我所料……她是來面對自己那份「心意」的。

我跟吉田的「戀愛」……已經做出了結論。

所以，接下來……

我要見證吉田與沙優的關係，將會何去何從。

然後……我才能針對自己與吉田的「將來」尋找答案。

總算開始了，我心想。

出生至今……我第一次打從心底，在跟他人的關係當中找起了「答案」。

©Kyosuke Kamishiro, TakayaKi 2022 / KADOKAWA CORPORATION

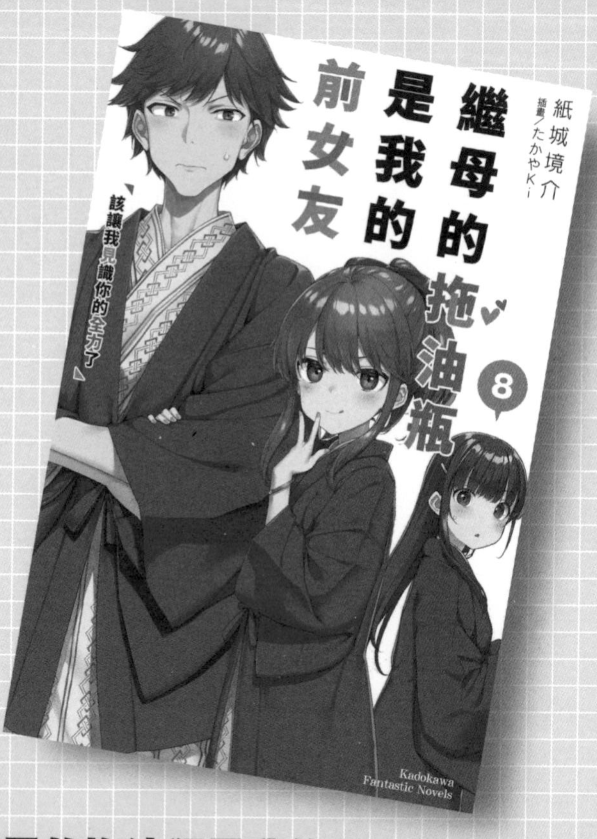

繼母的拖油瓶是我的前女友 1~8 待續

Kadokawa Fantastic Novels

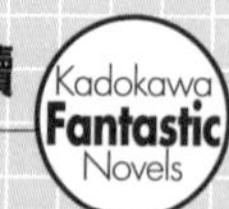

作者：紙城境介　插畫：たかやKi

彼此真心話大爆發，
戀情百花齊放的神戶旅行篇！

學生會在會長紅鈴理的提議下決定前往神戶旅遊，還約了水斗與伊佐奈、星邊學長、曉月與川波等人！漫遊港都的過程中，眾人展開戀愛心理攻防戰！就連川波似乎也難以置身事外。為了治好他的戀愛過敏體質，女友模式的曉月開始下猛藥……！

各 **NT$220~270/HK$73~90**

©Ghost Mikawa 2021 / KADOKAWA CORPORATION

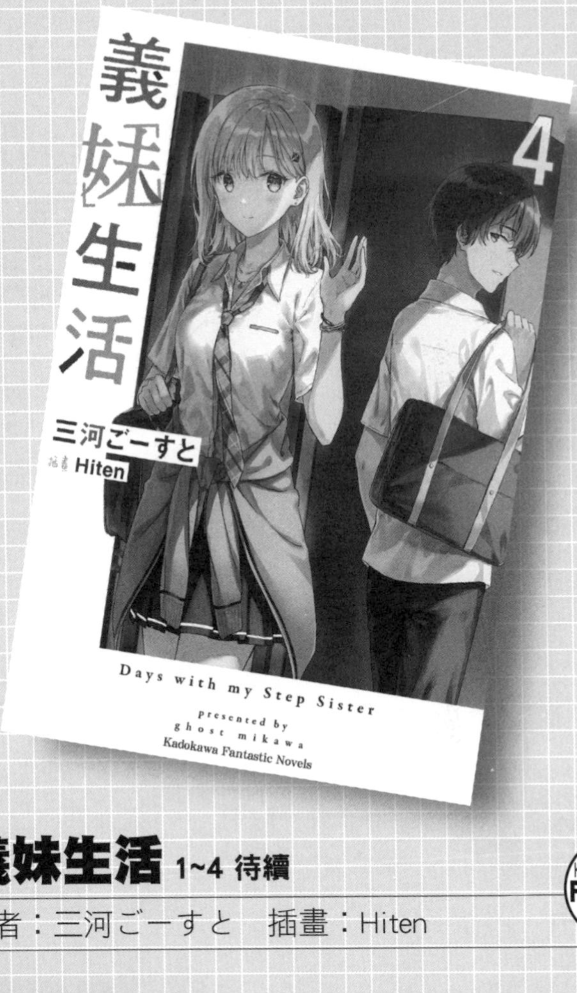

義妹生活 1~4 待續

Kadokawa Fantastic Novels

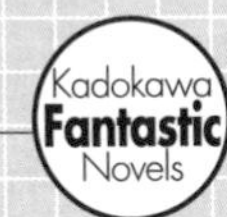

作者：三河ごーすと　插畫：Hiten

意識到的感情，
是不能意識到的感情——

儘管兄妹關係看似有所進展，卻因各自心意暗藏而有些僵硬。在這種情況下，兩人分別有了新邂逅。碰上「因為偶然地只有一個距離較近的異性，才會喜歡上他」這種壞心眼命題的兩人，再度面對自己的感情。該以什麼為優先，又要忍耐什麼，才是正確答案？

各 **NT$200/HK$67**

©Mihiro Sinden, Ichigo Kagawa 2022 / KADOKAWA CORPORATION

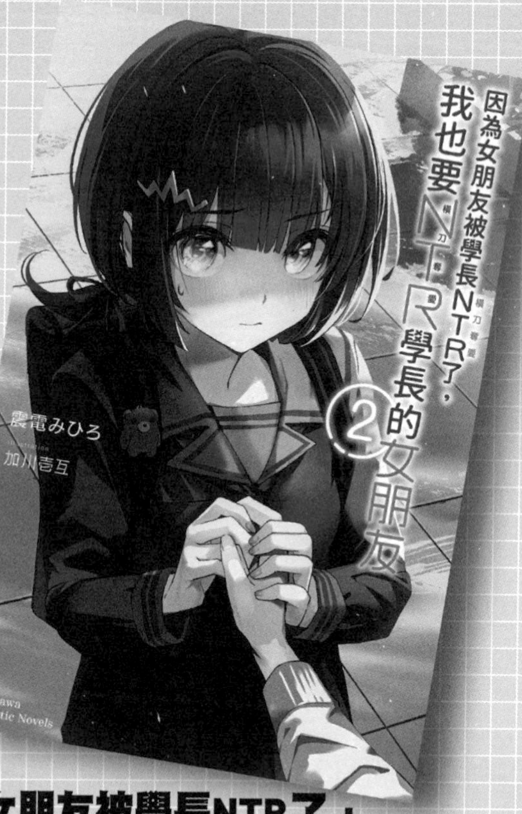

因為女朋友被學長NTR了，我也要NTR學長的女朋友 1~2 待續

Kadokawa Fantastic Novels

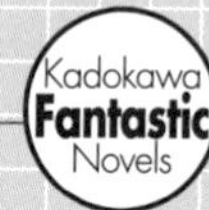

作者：震電みひろ　插畫：加川壱互

NTR的連鎖效應？第二戰即將爆發——「與其選那樣的熟女，不如選我吧！」

時值跨年，優在新年參拜時與摯友的妹妹明華重逢。被哥哥帶去參加滑雪外宿活動的她，猛烈地對優展開追求！燈子害怕被NTR而著急起來，於是藉著酒意對優直率地傳達心意，卻因為煞不住車而衝過頭？

各 NT$220~250/HK$73~83

©Nana Nanato, Siokazunoko 2022 / KADOKAWA CORPORATION

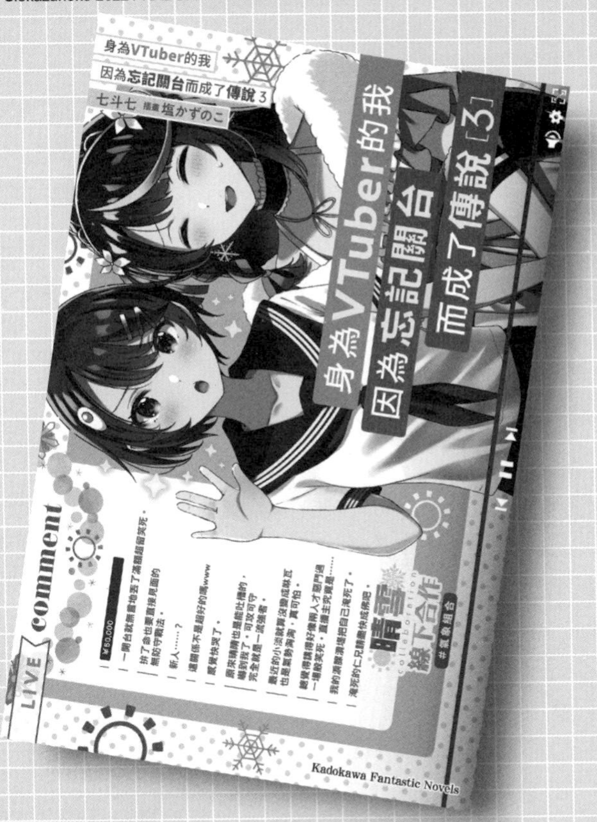

身為VTuber的我因為忘記關台而成了傳說 1~3 待續

Kadokawa Fantastic Novels

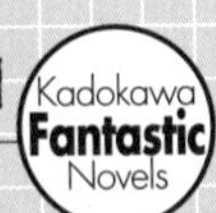

作者：七斗七　插畫：塩かずのこ

衝擊性十足的VTuber喜劇，
一如既往的第三集！

心音淡雪終於收到一期生朝霧晴的合作通知：「在單人演唱會的最後一段以驚喜嘉賓身分合唱！」為此，淡雪（小咻瓦）勤奮地練習，卻在首次工商直播裡說出禁忌的話語——盡被極具Live-ON特色的事件糾纏的她，究竟能不能維持住理智呢？

各 **NT$200/HK$67**

©Kiraku Kishima, Kuronamako, Ratan 2022 / KADOKAWA CORPORATION

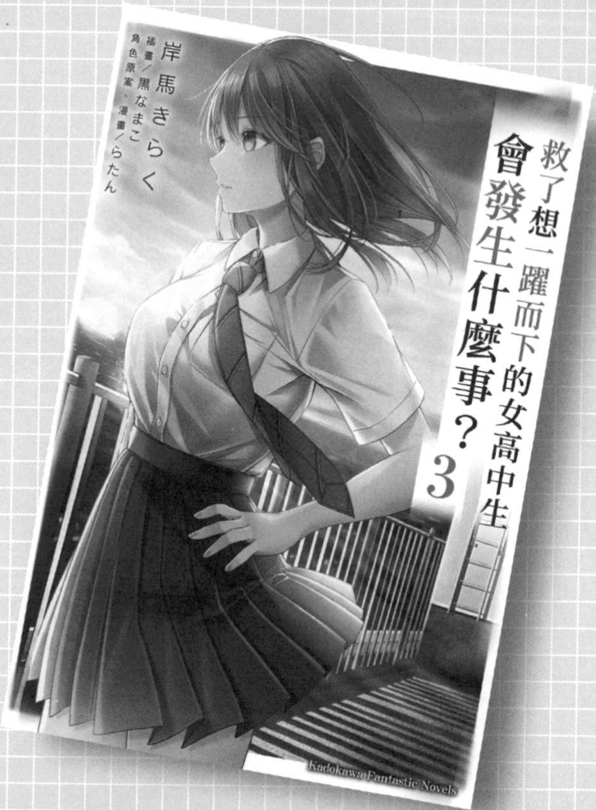

救了想一躍而下的女高中生會發生什麼事？ 1~3 待續

Kadokawa Fantastic Novels

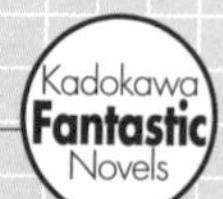

作者：岸馬きらく　插畫：黒なまこ　角色原案、漫畫：らたん

「為了成全自己的愛情而橫刀奪愛，那我不就……」
關於「她」為了初戀及純愛糾結不已的戀愛故事。

守望著結城和小鳥的大谷翔子，發現自己對結城的愛意日漸增長，甚至被迫面臨某個重要的決定？『愛情對女人是最重要的。翔子，妳遲早也會明白這件事。』拋夫棄子，投向其他男人懷抱的母親留下的這句話，如同惡魔的囈語在大谷的腦海中揮之不去——

各 NT$200~220/HK$67~73

©Kota Nozomi 2021 / KADOKAWA CORPORATION

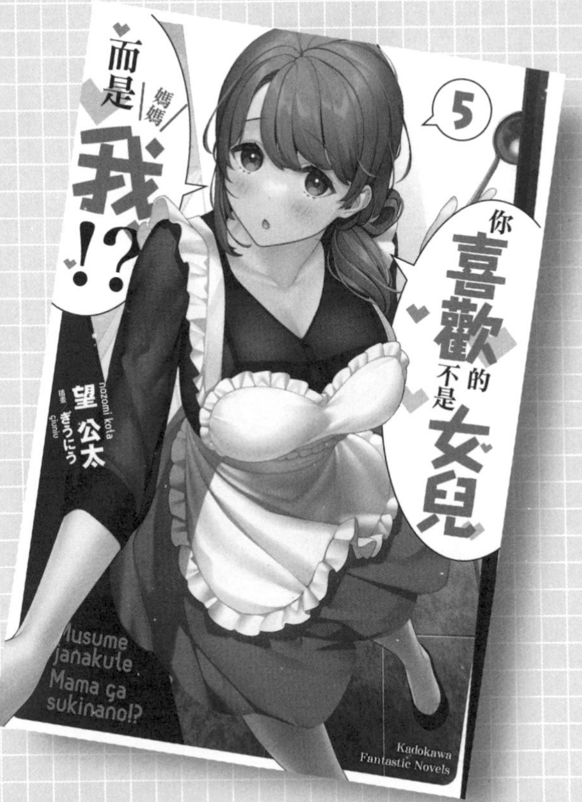

你喜歡的不是女兒而是我!? 1~5 待續

作者：望公太　插畫：ぎうにう

在好不容易開始交往的兩人前方等待的，
是卿卿我我的同居生活？還是──

我終於和阿巧成功交往，卻必須為了工作單身赴任。下定決心要談一場遠距離戀愛的我隻身來到東京，迎來的卻非遠距離戀愛，而是同居生活？居然這麼突然就要同住一個屋簷下，無論是吃飯還是洗澡……就連臥室也共用一間，這下我們會變成怎樣啦！

各 **NT$220/HK$73**

©Sakuragisakura, Clear 2022 / KADOKAWA CORPORATION

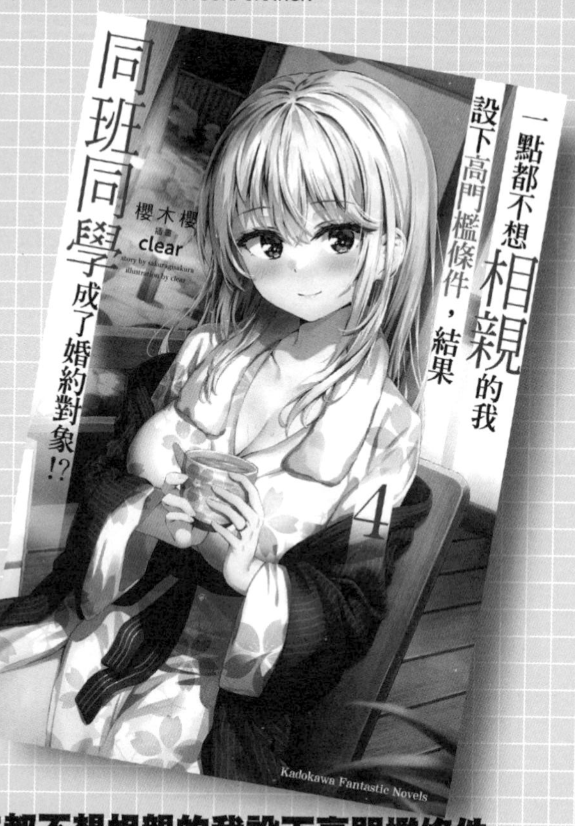

一點都不想相親的我設下高門檻條件，結果同班同學成了婚約對象!? 1~4 待續

作者：櫻木櫻　插畫：clear

「我們結婚吧，愛理沙。我絕對會讓妳幸福的。」
假戲成真的甜蜜戀愛喜劇，獻上第四幕。

由弦與愛理沙的假婚約成真了，兩人的距離伴隨甜蜜的時光中漸漸縮短。愛理沙卻體會到雙方的家世差距及價值觀差異，開始懷疑自己是否夠格當由弦的未婚妻而湧現不安。擔心兩人進展的祖父為他們安排了溫泉旅行，由弦和愛理沙於是一同前往，然而……

各 **NT$220~250/HK$73~83**

©Takuma Sakai 2021 / KADOKAWA CORPORATION

第5次

逆井卓馬
Author: TAKUMA SAKAI

遠坂あさぎ
Illustrator: ASAGI TOHSAKA

豬肝記得煮熟再吃

Heat the pig liver

Kadokawa Fantastic Novels

豬肝記得煮熟再吃 1~5 待續

作者：逆井卓馬　插畫：遠坂あさぎ

「請看，豬先生！我的胸部變大了……！」
真傷腦筋，看來這次的事件似乎也不簡單？

總算察覺自己心意的我，想偕潔絲踏上沒有終點的旅程，因此必須奪回被占據的王朝。諾特率領的解放軍、王子修拉維斯、三名美少女與來自異世界的三隻豬，為尋求王牌而造訪北方島嶼，希望能前往反面空間——深世界。據說所有願望在那裡都會具現化……

各 **NT$200~250/HK$67~83**

國家圖書館出版品預行編目資料

刮掉鬍子的我與撿到的女高中生Another side story後藤愛依梨/しめさば作；鄭人彥譯. -- 初版. -- 臺北市：臺灣角川股份有限公司, 2023.03-
冊； 公分. -- (Kadokawa fantastic novels)
譯自：ひげを剃る。そして女子高生を拾う。Another side story後藤愛依梨
ISBN 978-626-352-355-5(上冊：平裝)

861.57 112000504

Kadokawa
Fantastic
Novels

刮掉鬍子的我與撿到的女高中生 Another side story 後藤愛依梨 上

（原著名：ひげを剃る。そして女子高生を拾う。 Another side story 後藤愛依梨 上）

2023年3月27日　初版第1刷發行

作　者：しめさば
插　畫：ぶーた
譯　者：鄭人彥

發行人：岩崎剛人
總編輯：蔡佩芬
編　輯：邱瓈萱
美術設計：宋芳茹
印　務：李明修（主任）、張加恩（主任）、張凱棋

發行所：台灣角川股份有限公司
地　址：104台北市中山區松江路223號3樓
電　話：（02）2515-3000
傳　真：（02）2515-0033
網　址：www.kadokawa.com.tw
劃撥帳戶：台灣角川股份有限公司
劃撥帳號：19487412
法律顧問：有澤法律事務所
製　版：巨茂科技印刷有限公司
ISBN：978-626-352-355-5

※版權所有，未經許可，不許轉載。
※本書如有破損、裝訂錯誤，請持購買憑證回原購買處或連同憑證寄回出版社更換。

HIGE WO SORU. SOSHITE JOSHIKOUSEI WO HIROU. Another side story GOTO AIRI (JO)
©Shimesaba, booota 2022
First published in Japan in 2022 by KADOKAWA CORPORATION, Tokyo.
Complex Chinese translation rights arranged with KADOKAWA CORPORATION, Tokyo.